KB066207

틈

10

문학에서 발견하는
무한한 좌표들,
은행나무 시리즈 ⅂

틈

서유미 소설

은행나무

차례

목욕탕에서 나왔을 때 세상은 환했고 세 사람은 출출했다. 가만히 서 있는 동안에도 모두의 머리칼과 목욕가방에서 물방울이 천천히 떨어져내렸다. 매콤한 게 당긴다고 말한 건 정희였고 떡볶이집을 추천한 건 승진이었다. 여자는 배도 고프고 집에 들어가기 싫어서 두 사람을 따라나섰다. 뭘 먹어도 좋고 안 먹어도 상관없다는 심정이었다.

여고 정문 맞은편에는 문구점과 작은 서점, 가게, 분식집이 늘어서 있었다. 여기 어디쯤인데, 두리번거리던 승진이 낡은 간판을 가리키며 꺅, 소리를 질렀다. 한 번밖에 안 와서 확실하진 않지만, 정말 맛있는 떡볶이집이라고 했다.

오전의 분식집은 재료 준비로 분주했다. 양배추를 썰고 있던 주인 여자는 이른 시간에 들이닥친 손님들에 당황한 듯 잠시 머뭇거렸지만 곧 손을 털고 일어나 주문을 받았다. 세 사람은 긱자의 취향에 따라 사리를 골랐다. 냄비 안에서 즉석떡볶이가 끓는 동안 승진은 휴대폰을 꺼냈다. 가게 내부와 테이블, 이제 막 면이 풀어지기 시작한 냄비 속을 열심히 찍었다. 뭐하러 찍어. 정희가 타박하자, 생각날 때마다 볼 거야, 했다. 먹고 싶으면 또 오면 되지. 정희는 휴대용 가스레인지의 불을 줄인 뒤 납작하고 기름진 만두를 넣었다.

승진은 이십 년 전의 가게들이 그대로 있는 게 이상하다고 했다. 타임머신을 타고 온 것 같아. 라면과 쫄면을 후후 불어가며 먹으니 여자도 수업 시간에 친구들과 몰래 빠져나온 여고생이 된 기분이었다. 승진이 포크로 면발을 건져 올리며 여고시절 얘기를 하나씩 꺼냈다. 그땐 몰랐는데 지금 보니 학교 건물이 고풍스럽다고, 다시 돌아가면 친구도 많이 만나고 연애 같은 거 안 하고 열심히 다닐 거라고 했다. 진짜야. 고개 돌려 학교를 바라보는 눈길이 아득했다.

"내가 까져서 중학교 때부터 놀았거든요. 화장품하고 사복, 가방에 넣고 다니고. 남자 만나서 술 마시고 춤추고 노는 것밖에 몰랐어요. 그때는 남자 애들이랑 오빠들한테 잘 보여서 고백받고 사귀는 게 인생의 전부였거든. 그러다 깨지면 인생 끝난 것 같다가 또 다른 남자랑 사귀면 괜찮아지고 그랬어요. 웃기죠?"

승진에게 학교는 공부하는 곳도, 친구들 만나서 놀거나 도시락 까먹는 데도 아니고 저녁 데이트를 위한 준비 장소였다. 오전에는 밀린 잠 자고 앞뒤에 앉은 애들이랑 수다 좀 떨면서 남자친구 자랑하고, 점심 먹은 뒤에는 머리 말고 화장하고 남자친구에게 줄 종이학이나 별을 접었다.

"고등학교 졸업하고 재수할 때까지 그랬어요. 미친년이었지."

화장도 안 하고 덜 마른 머리에 야구 모자를 눌러 쓴 승진은 이제 외모에 관심이 없어 보였다.

"그래서 중·고등학교 때 친구가 하나도 없어요."

다른 사람들이 학창시절 얘기를 하거나 동창을 만나러 간다고 하면 부럽다고 했다. 승진에게 학교 앞 거리는 추억이 많은 장소라기보다는 버스를 타고 지나다니며 자주 봐서 익숙한 스냅사진 같았다. 떡볶이를 먹고 싶다고, 학교 앞으로 가자고 해놓고 승진은 후회와 아쉬움을 털어놓느라 한 접시도 제대로 비우지 못했다. 정희가 승진의 접시에 만두와 라면 사리를 덜어주었다. 냄비는 금세 바닥을 드러냈다. 여자는 인중에 배인 땀을 닦았다. 여고생이 아니어도 맵고 단 떡과 면은 입에 잘 맞았다. 목욕을 해서 그런지 여러 겹으로 묶어두었던 얘기를 토해낸 다음이라 그런지 허기가 져서 많이 먹었다. 세 사람의 얼굴은 사우나에서 막 나온 것처럼 발그레했다.

떡볶이 집에서 나온 세 사람은 학교 주변을 걸었다. 정희는 근처 담벼락에 서서 담배를 피웠다. 여자는 누가 시키지도 않았는데 지나다니는 사람이 없는지 망을 봤다. 언니도 참. 승진이 깔깔거리며 웃었다. 가게에서 기다란 소프트아이스크림을 사서 손에 들고 세 사람은 파라솔 아래 플라스틱 의자에 앉았다. 지각생인지 조퇴를 한 건지 알 수 없는 여고생 몇이 교문 쪽으로 걸어갔다. 교복을 입었는데 긴 머리끝이 구불거렸고 화장을 해서 입술이 붉었다. 여자는 거리의 꽃나무를 둘러보며 그쪽을 힐끔거렸다. 세상의 모든 여고생들이란 두 종류가 아닐까 생각했다. 자신이 얼마나 예쁜지 모르고 끝없이 남과 비교하며 자학하는 부류와 자신이 어리고 예쁘다는 걸 잘 알아서 타인에게 관심이 없는 부류. 균형을 맞추고 싶어도 시소가 기운 것처럼 무게중심만 불안하게 옮겨 다닐 뿐이다. 사십대 중반이 되니 부끄러움을 잊은 건지 편안해진 건지 맨 얼굴과 젖은 머리로 시내에 나오는 게 아무렇지 않다. 중년이 된 뒤에도 자신에 대한 판단의 균형을 맞추는 건 어렵지만 다행히 여자의 마음속에는 앳되고 말간 여고생에 대한 질투보다 꽃샘추위 같던 그 시기를 지나왔다는 안도감이 더 컸다.

수업 종료 벨이 울리자 학교에서 웅성거리는 소리가 새어나왔다. 몇몇은 교문 밖으로 나와 문구점과 서점으로 뛰어들어갔고 가방을 멘 채 정류장 쪽으로 걸어가는

학생도 있었다. 참 예쁘다. 정희가 눈으로 애들을 좇다가 여자와 승진을 쳐다봤다.

"타임머신을 타고 온 것 같긴……. 그냥 아줌마 셋이 목욕하고 떡볶이 먹으러 온 거지."

여자는 녹기 시작하는 아이스크림을 핥아먹었고 승진은 저기 교문에서 어린 내가 나오면 재미있겠네, 하며 목을 길게 뺐다.

"학교 땡땡이치고 나와서 남자 만나러 가는 애들 보면 진지하게 말리고 싶어요. 남자한테 인생을 걸지 마, 이것들아."

승진이 만든 손나팔 때문에 여자와 정희는 소리 내어 웃었다. 여자는 자신의 웃음소리가 낯설었지만 멈추지 않았다. 웃거나 울어도 현실이 변하지 않을 거라면 웃는 편이 낫겠지, 싶었다. 얼마나 많은 사람들이 진짜로 웃는 게 아니라 웃기로 선택하는 걸까.

주차해놓은 곳으로 가다가 남편의 차와 같은 모델의 승용차가 들어오는 걸 보고 여자는 그 자리에서 굳어버렸다. 그게 남편의 차가 아니라는 걸 아는데도 그날 봤던 장면이 겹쳐지면서 애써 붙잡고 있던 활기가 발아래로 빠져나갔다. 바닥에 떨어진 아이스크림이 천천히 뭉그러졌다.

그날 여자는 사거리의 횡단보도에 서 있었다. 아랫입술을 꾹 깨물어서 입안에 비릿한 맛이 번졌지만 아픔을 느끼지는 않았다. 청소를 해놓고 나왔다면, 빵집에 먼저 들렀다면, 은행에 가는 일을 미뤘다면 좋았을 거라고 후회했다. 그저 차를 보고 돌아서기만 했어도 그다음 장면과 마주치지 않았을 것이다. 몇 년 전만 해도 그녀는 진실을 모르고 지나치는 것보다 고통스러워도 아는 편이 낫다고 생각했다. 하지만 이제는 아니었다. 뛰어들어 바꿀 수 없다면 모르는 쪽이 나았다.

청소도 하지 않고 은행에 간 건 공과금을 납부하고 현금을 좀 찾아두기 위해서였다. 애들 용돈도 챙겨야 하고 재래시장에서 쓸 돈도 좀 찾아두어야 했다. 은행에 사람이 없으면 대출 관련 상담도 받아볼 생각이었다. 가는 길에 여자는 부동산 중개업소의 유리창 앞에서 보폭을 줄였다. 매물 시세와 급매, 급전세 정보를 눈으로 훑었다. 아파트 전세계약 만기가 반년 앞으로 다가왔다. 어떤 것과 관련된 시간은 너무 빨리 흘러 사람의 목덜미를 서늘하게 만든다.

"집 어떡할까? 이따 은행 가볼 건데."

전세계약 얘기를 꺼냈을 때 남편은 저녁때 얘기하자, 하며 안경을 찾아 썼다. 잠이 잔뜩 묻은 목소리였다. 그는 사무실이 아니라 바로 거래처로 간다며 평소보다 늦게 일어났다. 박 과장 태워서 가기로 했어. 남편은 아침도 먹지 않고 침대에서 뭉그적거렸다. 샤워를 하러 간 그의 베개 커버에 짧고 가느다란 머리카락이 어지럽게 흩어져 있었다. 그가 한때 숱 많은 남자였다는 게, 탈모나 대머리 얘기가 나오면 자신과 상관없는 일이라며 코웃음 치던 사람이라는 게 믿어지지 않았다. 자신감을 잃어가듯 뒷걸음질 치는 헤어라인을 볼 때마다 여자는 마음이 짠했다. 양보할 수 있는 거라면 자신의 모근이라도 이식해주고 싶었다.

몇 달 전에 여자는 청소를 하다가 그가 책 사이에 끼워둔 건강검진 결과통보서를 발견했다. 대청소를 하다 보면 본의 아니게 남편이 숨겨둔 비상금을 찾아내곤 했다. 등산용 조끼의 안주머니나 회사에서 가져온 서류봉투, 시디케이스의 안쪽에 반으로 접어둔 오만 원짜리가 여러 장 들어 있었다. 그전에는 입출금 통장을 따로 개설해 썼는데 여자가 인터넷뱅킹을 하면서 계좌가 드러난다는 걸 알고 이곳저곳에 숨겨두었다. 비상금이 왜 필요하냐고 물었더니 여윳돈이 없으면 불안하다고 했다. 자취할 때 생긴 버릇이야. 담배도 꼭 한두 갑씩 감춰뒀거든. 물론 술 취하면 찾아서 다 피웠지만. 그게 전부인지 알 수 없지만 매번 발견되는 돈은 삼십에서 오십만 원 정도, 백만 원을 넘지는 않았다.

반년 넘게 컴퓨터 관련 서적에 비상금을 숨겨두던 남편은 몇 달 전부터 옛날 시집 쪽을 이용했다. 여자는 돈을 찾은 김에 그 페이지의 시를 한두 편씩 읽었다. 사랑이나 그리움에 관한 내용이 대부분이었다. 나이를 먹으면서 그가 감상적으로 변해가는가보다 생각했다. 그런데 이번에는 시집에서 비상금 대신 건강검진 결과통보서가 나왔다. 《사랑하다가 죽어버려라》. 여자도 들어본 적 있는 제목의 시집이었다. 제목을 소리 내어 중얼거리자 사랑에 대한 노골적인 전언이 간지럽게 느껴졌다. 왜 그 시집에 통보서를 넣어두었는지 모르겠지만 그의 건강 상태는 총체적 난국에 빠져 있었다. 혈압이 높고 체중을 줄여야 하고 과거 흡연으로 뇌졸중과 심근경색의 위험이 중증을 넘어섰고, 위에 염증이 있고 비만, 음주, 흡연, 운동, 혈압, 콜레스테롤의 수치가 모두 위험에 표시되어 있었다. 건강검진 결과가 나왔느냐고 물었을 때 남편은 별 문제없으니 걱정 말라며 얼버무렸다. 한눈에 봐도 얼굴빛이 검고 푸석하고 자주 멍한 표정을 지었다.

여자는 운동을 권했고 반찬에 신경 썼다. 그는 바쁘고 피곤하다며 운동을 미뤘고 몸에 좋은 음식엔 젓가락이 자주 머무르지 않았다. 그러던 사람이 두 달 전에 갑자기 회사 근처에 오픈한 피트니스클럽에 등록하겠다고 했다.

"저번에는 일어나는데 머리가 핑 돌더라고. 이러다가 큰일 나겠다 싶었어."

그는 아침마다 인상을 쓰며 케일이 들어간 녹즙을 마셨고 여자가 내미는 영양제를 삼켰다. 운동을 시작하면서 그의 귀가는 자정으로 밀려났지만 여자는 다행이라 여겼고 심지어 그가 철이 드는 거라고 생각했다. 남편은 주말에도 종종 피트니스클럽에 갔다.

현금을 인출하고 번호표를 뽑은 뒤 기다렸지만 대출 상담 받는 사람들이 많아서 순서는 줄지 않았다. 여자는 은행의 대기 의자에 앉아 있다가 나왔다. 아파트 정문 앞의 도로는 꽉 막혀 있었다. 빵집으로 걸어가는 동안 보행자 신호로 바뀌어 정체는 좀 더 이어질 것 같았다. 여자는 남편의 차가 정지선을 한참 지나 서 있는 걸 보고 가볍게 혀를 찼다. 90년대에 유행했던 예능 프로그램의 팬이었던 여자는 정지선을 지키는 게 운전자의 양심이라고 굳게 믿었다. 늦잠을 자고 여유를 부리더니……. 브레이크를 밟는 순간 그는 낮고 짧게 욕설을 내뱉었을지도 모른다. 도로에 서 있는 수많은 차 중에서 십 년 넘게 탄 낡은 패밀리카를 보는 건 좀 애잔한 일이었다. 그건 광화문 사거리를 오가는 비슷비슷한 샐러리맨 사이에서 남편을 발견했을 때의 심정과 비슷했다. 여자는 카디건을 여미며 턱선이 무너진 남편의 옆얼굴을 바라보았다. 억지로 깨워서라도 아침을 먹일걸 그랬다는 자책감이 들었다.

그때 걸음을 옮겼더라면 여자의 감상은 짠함으로 마무리됐을 것이다. 빵집에 들렀다가 저녁 반찬에 신경써야겠다고 생각하며 서둘러 마트로 갔을지도 모른다. 괜히 머뭇거리는 바람에 여자는 그가 책장 안, 시집 속에 숨겨두려 했던 장면과 마주치고 말았다. 비어 있다고 생각했던 차의 보조석에서 낯선 실루엣이 고개를 들었다. 틀어올린 머리에 목선이 가느다란 여자였다. 고개를 남편 쪽으로 돌리고 있어 얼굴이 보이지 않았지만 그녀를 바라보는 남편의 모습은 고스란히 노출되었다. 그는 온 얼굴을 움직여 웃고 있었고 여자의 뺨을 자연스럽게 쓰다듬었다. 곧 신호가 바뀌어 차는 출발했고 시야에서 사라졌다. 여자는 선 채로 낡은 가죽지갑을 꼭 쥐었다. 방금 본 게 뭔가. 그녀의 눈앞에 나타났다 사라진 게 실재인지 UFO인지 알 수 없었다. 저 여자가 태우러 간다고 했던 박 과장인가. 평소에도 박 과장 얘기를 자주 했지만 의심한 적은 없었다. 물론 그녀가 진짜 박 과장인가 아닌가는 중요하지 않았다. 그녀가 본 남편의 표정과 웃음과 손길의 의미가 더 중요했다. 여자의 기억을 밀어내고 교란시키려는 듯 차들은 부지런히 나가고 들어왔다.

횡단보도 앞에 서서 여자는 한 발자국도 움직이지 않았다. 보행자 신호로 바뀌면서 옆에 서 있던 사람들 몇이 건너편으로 걸어갔지만 붙박인 듯 그 자리에 서 있었다. 출근시간이 지난 아파트 앞의 4차선 도로는 흐름이 원활해졌지만 여자의 눈에는 몇 분 전의 정체상태와 그때 목격한 장면이 계속 아른거렸다.

여자는 천천히 눈을 감았다가 뜬 뒤 주위를 둘러봤다. 뒤쪽에는 십 년 가까이 산 아파트가, 오른쪽에는 1층에 은행이, 2층은 치과와 내과, 3층에는 몇 개의 음식점이 있는 상가 건물이 보였다. 그리고 좀 전까지 여자를 붙잡아두었던 부동산 중개업소의 급매, 급전세 알림이 변함없이 그 자리에 붙어 있었다. 모든 게 익히 알던 모습 그대로인데 세상은 몇 분 전과 완전히 달라졌

다. 누군가 난데없이 뺨을 때리고 달아난 것처럼 멍했
다. 감정의 동요보다 묵직한 충격이 온몸으로 퍼져나갔
다. 여자는 그 자리에 한참 더 서 있었다.

　주머니에 넣어둔 휴대폰에서 일정 알림이 삑삑 울렸
다. '11:00 지유 학부모 모임'. 여자는 알람을 해제한 뒤
화면을 껐다. 이대로 계속 신호등 앞에 서 있을 수는 없
었다. 어디론가 가고 싶은데 어디에 가야 할지 알 수 없
었다. 집이나 학부모 모임에 가고 싶지 않다는 건 확실
했다. '빈 차'에 불을 밝힌 택시들이 냄새를 맡은 들짐
승처럼 여자의 앞에서 서행하다가 멀어져갔다. 밀려오
는 차와 그 안의 운전자들을 보고 있으니 속이 울렁거
렸다. 차가운 맥주와 뜨거운 커피 생각이 동시에 났다.
은행 맞은편 상가의 1층에는 커피 전문점과 호프집이
하나씩 있지만 거기에 갈 수는 없었다. 평일 오전 아파
트 주변에 있는 다섯 개의 카페에는 애들을 어린이집이
나 학교에 보내고 한숨 돌리러 나온 엄마들이 삼삼오
오 모여 있었다. 그 카페들은 이 동네 토박이들이 편하
게 갈 수 있는 곳이지만 말이 새어나갈까 신경 쓰인다
는 점에서 가장 껄끄러운 곳이기도 했다. 그곳에서 넋

이 나간 얼굴로 혼자 커피나 맥주를 마신다면 괜한 소문에 휩싸일 가능성이 높았다.

여자는 갑자기 익숙한 이곳이, 우리 동네, 하면 눈에 선하게 떠오르는 정경이, 상가와 상점과 길이 갑갑하게 느껴졌다. 한 동네에서 십 년 이상 산다는 건, 길에서 마주치는 사람들 중 대다수와 인사를 주고받으며 산다는 건 안진지대에 있다는 의미일지 모르지만 제약이 많다는 뜻이기도 하다. 어떤 실수를 하거나 치부를 들키면 해명할 기회보다 소문이 퍼져나갈 창구가 더 많다. 잠시 숨을 곳이, 멍하게 앉아 마음을 가라앉히며 울먹이거나 실제로 좀 울기도 하며 감정을 천천히 희석시킬 곳이 없다는 게 그녀를 서성거리게 만들었다.

공기 중에 섞인 빵 냄새는 현실 너머에서 흘러들어오는 것 같았다. 여자는 자석에 이끌리듯 단골 빵집 안으로 들어갔다. 속이 허할 때 맡는 빵 냄새는 모든 감각에 우선했다. 여자는 갓 나온 페이스트리와 치아바타와 타르트를 고르고 조각케이크와 슈크림도 담았다. 빵집 안을 여러 바퀴 돌며 쟁반 위에 쌓아올렸다. 빵이 바닥에 떨어지자 직원이 쟁반을 계산대로 옮겨주었다. 오늘

누구 오시나봐요, 아, 네. 여자는 말끝을 흐렸고 계산하는 시간이 길어지자 잔뜩 고른 걸 후회했다. 직원이 서비스라며 방금 내린 커피를 넣어주었다. 밖으로 나오자 빵 냄새가 다시 여자의 곁을 맴돌았다. 여자는 어디로 갈까 가늠하며 거리의 이쪽과 저쪽을 번갈아보았다. 빵봉투는 묵직한데 기분은 나아지지 않았다. 어쩌자고 빵부터 샀을까. 박스를 버리러 나온 직원이 배달해드릴까요?라고 묻는 바람에 습관처럼 아파트 쪽으로 접어들었다. 번호 키를 누르고 현관에 들어선 뒤에야 집에 와버렸다는 걸 깨달았다.

집은 아침에 나온 그대로 어수선했다. 여자는 식탁에 앉아 봉투 안의 빵을 꺼냈다. 평소에도 빵집에 자주 가지만 조각케이크를 사는 일은 거의 없었다. 기념일과 상관없이 케이크를 고르는 건 궁극의 단맛으로 스스로를 위로해야 할 필요가 있을 때였다. 식탁에 앉아 포크로 달고 부드러운 덩어리들을 떠먹다보면 씁쓸한 기분이 중화되었다. 케이크가 아니더라도 갓 구워낸 식빵을 결대로 찢어먹거나 버터와 잼을 발라 베어 먹다보면 문제의 심각함이나 상한 감정은 가라앉고 손과 입, 맛을 느끼는 감각과 먹는 행위만 오롯이 남았다. 여자는 딸기와 초코무스케이크를 먹고 치아바타를 뜯어 먹으며, 손쉽고 빠른 위로의 방식을 사용했다.

직원이 챙겨준 커피는 무사했고 마시기 좋은 정도로 식어 있었다. 베란다 창을 통해 들어온 햇빛은 식탁 언저리에 머물러 거실 전체가 환했고 춥거나 덥지도 않았다. 공기 중의 습도도 적절해서 평소라면 좋은 날이다, 라고 생각할 만한 아침이었다. 바로 나온 빵을 샀고 덤으로 커피를 얻었고 대출이나 부동산 관련 전화나 문자 때문에 기분을 잡치지도 않았고 말 많고 시끄러운 동네 여자들과 마주치지도 않았다. 대신 여자는 자신을 날카롭게 가르는 장면과 마주쳤고 그 여파로 일주일 치의 간식 비용을 다 써버렸다. 십여 분 동안 며칠 분량의 빵을 먹어치웠고 포만감이 찾아오자 바라던 대로 머리가 둔해졌다. 생각에 매몰돼서 그 장면을 계속 떠올리게 될까봐 빵을 정신없이 먹었지만 포만감은 새로운 방식으로 여자를 압박했다. 여자는 입을 꾹 다문 채 빵 봉지를 작게 접었다. 이렇게 점점 더 뚱뚱해지고 추해질 거라는 예감, 누가 나 같은 사람을 거들떠보겠냐는 자괴감이 혀뿌리에 들러붙었다. 소파에 누워 눈을 질끈 감고 팔로 얼굴을 가렸지만 더러운 기분은 사라지지 않았다. 여자는 이리저리 뒤채다가 차라리 좀 걷자고, 지칠 때까지 움직여보자는 마음으로 신발을 신었다.

놀이터가 조용하고 주변 벤치가 텅 비어 있었다. 전날에도 아이 엄마들이 유모차를 밀고 자전거에 아이를 태우고 나와 있는 걸 봤는데, 지금은 사건 현장처럼 놀이기구에 접근금지 테이프가 칭칭 감겨 있었다. 미끄럼틀에 오르는 계단도 내려오는 틀도 모두 테이프로 막아놓았다. 예닐곱 살쯤 된 남자아이가 뛰어들어왔다가 이상하다는 듯 미끄럼틀 주위를 여러 번 맴돌았다. 측면에 붙은 '이용금지' 안내에는 어린이 놀이시설 안전점검 결과 불합격 판정을 받았으므로 개보수 완료시까지 절대 이용금지,라고 적혀 있었다. 어제까지 아이들이 오르내리고 매달리던 정글짐과 그네는 붉은색 테이프 때문에 불길해 보였다. 여자는 카디건 주머니에 손을 넣은 채 시소 앞에 서 있었다. 남자아이는 미끄럼틀 바닥에 앉아 발장난을 좀 하다가 일어섰다. 무슨 일이 벌어진 건지 모르겠다는 듯 고개를 갸웃거렸다. 아직

글씨를 모르거나 읽을 수 있다 해도 뜻을 이해하기 어려울 것이다. 아이는 놀이터 밖으로 나가면서도 고개를 돌려 놀이기구들을 둘러봤다. 여자는 경고 문구를 반복해서 읽어보았다. 어제 오전까지 멀쩡하게 이용하던 곳이 하루 사이에 위험한 곳으로 판명 나서 사용할 수 없게 되었다는 게 믿어지지 않았다. 하루 사이에 무슨 일이 일어난 걸까. 이 놀이터가 안전하지 않다면 언제, 어디에서부터 문제가 생긴 걸까. 점검을 하지 않았다면 영영 몰랐겠지. 그네의 줄이 끊어지거나 미끄럼틀로 올라가는 계단이 내려앉아 누군가 다칠 때까지 아무 의심 없이 이용했을 것이다.

여자는 아파트 밖으로 걸어나갔다. 집 근처를 서성거리고 있는 자신이 구멍 난 양말 같았다. 구질구질하고 누군가에게 들킬까봐 조마조마한데 양말이라곤 그것밖에 없어서 벗어버리지도 못하고 있었다. 택시를 잡으려고 두리번거리다가 상가 건물에 붙어 있는 목욕탕 간판을 보았다. 붉은색 글씨가 갑자기 간판들 사이에서 눈에 띄었다. 몇 년 전까지 여자는 일주일에 한 번씩 그곳에 가서 때 목욕을 했다. 큰애와 작은애의 친구 엄마를 연달아 만난 뒤로 어쩐지 껄끄러워져 가지 않게 되었다. 그때 여자는 생애 가장 뚱뚱했고 피부트러블 때문에 고생했다. 다른 사람들에게 그런 모습을 보이고 싶지 않았다. 목욕탕에 들어가서 알몸이 되는 순간 사람은 누구나 공평해진다고 하지만 여자는 그 말에 동의하지 않았다. 옷과 가방을 내려놓고 장신구를 빼고 화장을 지운 뒤 몸만 남는 순간 새롭고도 본질적인 미추의 기준이 생긴다. 삶의 질과 빈부의 격차가 좀 더 은밀한 방식으로 들통난다. 여자들의 몸은 삶의 이력에 취약해서 감추려 해도 많은 것을 말해버린다. 임신과 출산, 수유, 나이 듦을 지나간 몸과 그렇지 않은 몸, 운동할 수 있는 시간과 돈을 투자해 관리한 몸과 무리해서 일하고 쉴 때는 먹고 퍼져버려 울퉁불퉁해진 몸이 고스란히 드러난다. 그래서 여자는 사람들 앞에서 알몸을 드러내는 게 부끄러웠다. 가끔 몸을 푹 담글 수 있는 커다란 온탕과 들어가는 순간 열기가 훅 끼치는 건식 사우나, 습기가 온몸을 감싸는 습식 사우나가 그리웠지만 가족들과 대형 사우나에 가거나 작은 욕조에 앉아 반신욕을 하는 것으로 만족했다.

목욕탕에 대해 생각하자 그곳 특유의 냄새가 코끝에 고였다. 속옷, 때수건 아무것도 없는데 여자는 건물 안으로 들어갔다. 지하 1층으로 내려가자 머릿속을 떠돌던 그 냄새가 공기 중에 그대로 섞여 있었다. 출입문에는 문을 꼭 닫으세요,라고 쓴 종이가 삐뚜름하게 붙어 있었다.

평일 오전의 여탕은 비어 있다고 해도 좋을 정도로 한산했다. 카디건을 벗으며 주위를 두리번거렸지만 목욕을 마치고 나와 옷을 입는 사람도 목욕을 하러 들어가는 사람도 보이지 않았다. 카운터를 지키는 사람 혼자 하품을 하며 텔레비전 화면을 쳐다봤다. 여자는 수건으로 몸을 가린 다음 문 앞에 섰다. 한쪽 벽은 전신거울이고 맞은편에 체중계가 놓여 있었다. 여자는 윤기 없이 푸석한 몸을 바라봤다.

등과 어깨, 팔뚝 라인이 눈에 띄게 둔해졌다. 출산으로 인한 살이 배와 옆구리를 중심으로 붙는다면 나잇살은 등에서부터 시작되었다. 여자의 아랫배에는 어릴 적에 했던 맹장수술 자국이 손가락 두 마디만 하게 남아 있었고 옆구리와 허벅지의 튼살도 보기 흉했다.

식습관이 불규칙하고 빵을 입에 달고 살고 운동을 하지 않고 마사지도 받지 않는 중년여자의 몸에서 어떤 반전 같은 걸 기대하기란 어려웠다. 여자는 이제 자신이 미추의 개념이나 영역 밖에 머무는 존재라는 걸 인정했다. 나이 든 여자의 아름다움에 대한 환상을 품고 있고 잘 가꾼 모습에 감탄하지만 그게 자신과 거리가 멀다는 것도, 영원히 거기에 도달할 수 없다는 것도 알았다. 모델이 입은 옷을 사고 화장품을 쓰면 그 모습을 흉내 낼 수 있을 거라고 기대하던 순진함 같은 건 몇 년 전에 버렸다. 그러는 동안 여자는 집과 가족을 먹이고 씻기고 생활을 돕는 관리인이 되었다. 남편도 크게 다르지 않다고 생각했기 때문에 특별히 비참한 기분이 들지는 않았다. 결혼 후 두 사람은 양팔 저울 위에 놓인 것처럼 동일한 기울기를 유지하며 꾸준히 몸이 불었다. 그게 공평하다거나 의리라고 여기는 듯. 여자가 2킬로그램쯤 찌면 남편의 몸무게도 비슷하게 늘어났다. 여자는 결혼 전보다 10킬로그램 정도가 늘었다. 실행에 옮기는 것과 별개로 다이어트가 늘 인생의 과제 중 하나였던 때도 있었지만 사십대 중반이

틈

되니 그런 강박마저도 시들해졌다. 날씬해진다고 삶이 달라지지 않는다는 걸, 이제 무슨 수를 써도 아이와 남편의 주위를 공전하는 삶의 궤도에서 벗어나지 못할 거라는 사실에 수긍했다. 그럴 바에는 먹고 싶은 거라도 편하게 먹자는 쪽으로 마음을 바꿨다. 여자는 살을 빼는 대신 치수가 달라진 옷을 새로 사 입었다.

　몇 년 전과 달리 여자는 목욕탕에서 아는 사람과 마주칠까봐 신경 쓰지 않았다. 몸은 예전보다 더 불었고 피부도 늘어졌지만 그때보다 나이도 더 먹었기 때문이다. 나이가 들면 어떤 종류의 부끄러움은 늘어나는데 시선에 대해서는 좀 뻔뻔해졌다. 여자는 자신이나 남편의 둥근 몸이 딱히 싫지 않았고 그게 잘못 살고 있다는 증거라고 생각하지도 않았다. 서로의 모습에 불만이 없으면 그것으로 충분하다고 생각했다. 그러나 남편의 옆자리에 앉아 있던 여자의 가늘고 긴 목이 떠오르자 소화되지 않은 빵과 제어하기 힘든 감정이 안에서 출렁거렸다. 여자는 살 속에 묻힌 빗장뼈를 더듬었다. 체중계 앞에서 잠시 머뭇거렸지만 올라가지 않았다. 몸과 마음이 충분히 무거웠다.

목욕탕 내부는 그대로였다. 변한 게 없어서 한두 달 전에 왔던 것 같은 착각마저 들었다. 사람들 몇이 샤워기 아래 서 있거나 탕에 몸을 담그고 있었다. 전부 여자보다 나이가 많은 할머니들이었다. 검은 속옷을 입은 마사지사는 탁자에 물을 뿌린 뒤 때 타월을 손에 꼈다. 여자는 멍하게 앉아 있다가 일어서서 샤워기의 물을 틀었다. 그 아래 한참 동안 서 있자 이 상황이 비누 거품처럼 씻겨 내려가지 않는 엄연한 현실이라는 걸 인정하게 되었다. 젖은 머리를 쓸어넘긴 다음 열탕의 구석에 들어가 앉았다. 뜨거운 기운이 밖에서 안으로 밀려들어 왔다.

몇 주 동안 여자의 고민은 전세계약에 머물러 있었다. 집 문제가 워낙 커서 다른 건 생각할 겨를도 없었다. 재계약까지 반년 남았으나 심적으로는 한두 달 앞으로 성큼 다가온 것 같았다. 간밤에도 재계약과 이사 사이에서 갈피를 잡지 못하고 헤맸다. 근처의 빌라에 살 때는 이 아파트로 이사 오기 위해서 대출을 받았고 이사를 한 뒤에는 이자와 원금을 갚으며 좀 더 넓은 평수의 집을 보러 다녔다. 계약 만기는 이자나 원금이 줄

어드는 속도보다 빠르게 다가왔고 집은 심정적으로 점점 좁아졌다. 사 년은 금세 지나갔다. 대출을 더 받아서 옆 동의 넓은 평수로 옮겨 가거나 그보다 적은 돈을 주인에게 보내고 그대로 눌러 사는 방법이 있었다. 내 집마련에 열을 올린 게 아닌데도 집주인이 이 년마다 전세금을 올려달라고 한 게 아닌데도 여자와 남편은 하우스푸어였다. 죽을 때까지 기기에서 벗어날 방법은 없어 보였다.

주인여자는 이전 주인보다 교양 있고 세입자의 사정을 이해하려 애쓰는 편이었다. 고장 난 섀시와 보일러에 대해서는 모르쇠로 일관했으나 전세금 인상은 사 년전에 한 번 요구했을 뿐이다. 그건 다른 자잘한 문제를 상쇄하고도 남았다. 여자와 남편은 보일러나 섀시의 수리비를 청구해서 주인의 심기를 건드리고 싶지 않았다. 전세금이 하루가 다르게 오르는 상황이라 이번에는 인상을 피할 수 없을 게 분명했다. 여자가 잠을 설쳐가며 걱정한 건 인상이 아니라 인상의 폭에 대한 것이었다. 아이들이 학교에 다니는 상황에서 이사를 가거나 전학을 시키는 것도 쉽지 않고 목돈 마련은 그보다 더 어려왔다. 여자는 머릿속으로 통장에 든 돈과 대출 가능한 금액을 계산해봤다.

이사와 상관없이 여자는 짬이 날 때마다 넓은 평수의 인테리어에 대해 고민했다. 미호와 지유 방을 따로 주고 뒷베란다도 활용하고 거실에 책장을 들이고 자기 공간도 확보하고 싶었다. 좀 더 넓은 곳으로 이사 가고 싶다는 바람은 변화에 대한 열망과 닿아 있었다. 해가 바뀌면서 여자는 일을 시작하려고 계획 중이었다. 그건 돈을 벌어 가계에 보탬이 되고 싶다는 뜻이기도 했고 다른 일에 몰두하고 새로운 관계를 맺으며 고민의 종류를 바꿔보고 싶다는 의미이기도 했다. 그렇다고 애들 간식은 뭘 해주나, 저녁엔 뭐 먹나, 에서 벗어날 수 없다는 건 알고 있지만 이제 그것만을 위해 살지 않아도 될 만큼 아이들이 자랐으니 미적거릴 이유가 없었다. 지금 뭔가를 시작해도 시행착오를 겪은 뒤 자리를 잡으려면 몇 년이 걸릴 테고 사십대 중반이 된 그녀에게는 시간이 많지 않았다.

여자는 몇 년 만에 구직 사이트에 접속했다. 경력이 단절된 중년여자의 재취업이 얼마나 어려운가,라는 현

틈

실적인 문제에 부딪히기도 전에 바뀐 지원 환경 때문에 한참 헤맸다. 며칠에 걸쳐 더듬더듬 이력서와 자기소개서를 새롭게 작성하는 동안 막연하게 품었던 기대감이 사그라지고 패배감이 고개를 들었다. 일을 시작하면 이렇게 살아야겠다는 시간표는 공상이나 다름없었고 이사 가서 공간을 이렇게 꾸며야겠다는 머릿속의 그림도 이사와 원금 앞에서 힘을 잃었다.

어떤 문제에 맞닥뜨릴 때마다 바닷가에 홀로 서 있는 기분이었다. 고민이 시작되면 먼 데서 크거나 작은 파도가 밀려왔다. 해변으로 오는 동안 어떤 문제는 별일 아니라는 듯 잔잔해지며 발에 닿지 않은 채 흩어졌고 어떤 문제는 키를 높이며 무섭게 치솟은 뒤 바닥에 부서지며 발목을 삼켰다. 전세 문제는 새벽까지 거세게 몰려와 여자의 발과 바짓단을 적셨다. 위안이라면 어떤 문제라도 때가 되면 발밑으로 빠져나간다는 것이었다. 이십대, 삼십대 때는 여자도 파도를 피하려고 이리저리 뛰어다녔다. 그러나 문제라는 건 어디에서 발생해 어느 방향에서 불거지고 언제 몸을 키워 다가올지 알 수 없었다. 때로는 여기의 파도를 피하려고 옆으로 움직였다가 무방비 상태에서 다른 파도에 옷이 흠뻑 젖기도 했다. 시행착오 끝에 여자가 터득한 건 호들갑 떨지 않고 파도의 세력이 약해지기를 기다리는 것이었다. 그러니까 여자는 어떤 상황에서도 스스로 바다 안으로 들어가지 않으려고 애썼다. 문제를, 불행을, 마중 나가지 않고 거기 빠져들지 않은 채 그대로 서 있는 것. 그게 사십대 중반이 된 여자가 삶에서 얻은 교훈이자 최선의 선택이었다. 물론 가만히 선 채로 자리를 지키는 건 정면 돌파를 두려워하는 여자의 성정이 반영된 것이기도 했다. 여자는 온몸이 물에 젖고 머리끝까지 바다에 빠지는 대신 발이 계속 젖는 쪽을 택했다. 간밤에도 여자의 마음은 새벽까지 젖었다 마르기를 반복했다.

사 년 전의 어느 밤에도 여자와 남편은 이사 가지 않고 이 집에서 계속 살기로 결정했었다. 같은 계절, 비슷한 밤이었으나 두 밤의 풍경은 사뭇 달랐다. 그때 여자와 남편은 애들을 재워놓고 식탁에 앉아 술을 마셨다. 집 넓으면 뭐해? 청소하기만 힘들지. 여자가 신포도 앞에서 발길을 돌리는 여우처럼 말하자 남편도 맞장구쳤다. 그 집주인 말이야. 인상이 깐깐해 보였어. 벽에 못

질도 못하게 할 거 같더라고. 두 사람은 쉽게 마음을 모았고 현실을 받아들이기로 결정했다. 그래. 집 크기가 뭐가 중요해. 맘 편한 게 최고지. 우리가 서로한테 집이잖아. 잠들기 전에 남편은 그렇게 말하며 돌아누웠다. 그 등을 물끄러미 쳐다보며 잠들었다. 여자에게 그 말은 오래 남았다. 서로가 서로의 집이라는 것. 몸을 누일 곳, 편히 쉴 곳, 언제나 거기 있어 흔들리지 않는 것, 삶의 근간이 옆에 있다는 것. 그 말이 파도를 잠잠하게 만들었다. 그러나 지난밤 여자의 옆자리는 비어 있었다. 남편은 늦게 출근한다는 핑계를 대며 새벽까지 옆방에 있었고 두 사람은 침대의 양쪽 끝에서 잠들었다.

열탕에는 여자뿐이었다. 따뜻한 물속에 앉아 있자 이마에서 솟아난 땀이 뺨을 타고 흘러내렸다. 여자는 자신의 얼굴이 붉게 부풀어올라 흉측할 거라고 생각했다. 몇 안 되는 사람들은 띄엄띄엄 떨어져 앉아 때를 밀고 클렌저의 거품으로 몸을 닦고 머리를 헹구었다. 입을 꾹 다문 채 손바닥만 한 때수건으로 몸의 구석구석을 문지르는 표정들이 무심해 보였다. 여자도 예전에는 속이 시끄러우면 혼자 목욕탕에 와서 오래 때를 밀었다.

플라스틱 의자와 때수건, 깨끗하게 씻어야 한다는 생각만 남을 때 머릿속의 소란이 가라앉았고, 단순해졌다. 그러나 몇 년 만에 온 탓인지 몸은 충분히 불지 않았고 여자의 손에는 때수건 한 장 없었다.

여자는 때를 미는 대신 뜨거워진 몸으로 냉탕 앞에 섰다. 사람이 없어 물의 표면은 잔잔하고 푸른색의 타일은 고요히 잠겨 있었다. 다리에 물을 끼얹은 다음 탕 안으로 들어갔다. 그만둔 지 오래됐지만 오래전에 배웠던 수영은 여자에게 해방감으로 남아 있었다. 그때의 기억이 떠올라, 길에서 목욕탕 간판을 봤을 때 끌렸는지 모른다. 냉탕의 물은 허리쯤에 닿았다. 여자는 숨을 크게 들이마신 뒤 물속으로 들어갔다. 찬물에 쑥 들어가자 온몸에 시원함과 해방감이 퍼졌다. 잠수한 채 탕의 이쪽에서 저쪽 끝까지 반복해서 오가는 동안 몸이 천천히 식었다. 여자는 숨이 막힌다고 느낄 때까지 물속에 머물러 있다가 고개를 들었다.

냉탕에서 나와 숨을 좀 돌린 다음 습식 사우나에 들어갔다. 문을 여는 순간 약초 냄새가 섞인 뜨거운 습기가 밀려왔다. 여자는 구석에 앉아 찬물에 적신 수건으

틈

로 머리와 얼굴을 가렸다.

　신호에 걸린 차와 남편의 옆모습과 드러난 목덜미는 생생한데 시간이 지날수록 현실감이 떨어졌다. 직접 본 게 아니라 누군가 전해준 얘기였다면 믿었을까. 차에 여자를 태우고 있더라는 얘기가 아니라 횡령이나 도박, 뺑소니에 관한 거라면 찜찜해하면서도 수긍했을 것이다. 그가 특별히 돈에 약한 인간이어서가 아니라 여자 문제는 일으키지 않을 거라는 믿음 같은 게 있었다. 요즘 보는 남편의 모습이라곤 밤과 주말에 한정돼 있을 뿐인데 여자는 십 년 전에 받은 인상을 그대로 믿었다. 다들 그렇게 두근거리는 몇 장의 사진과 삶에 남아 있는 따뜻한 순간을 사랑이라고 믿으며 사는 게 아닐까.

　십이 년 전에 여자는 남편과 같은 건물, 같은 층에서 일했다. 지하철역에서 오 분 거리에 위치한 비슷비슷하게 생긴 수많은 오피스텔 빌딩 중 하나였다. 여자의 회사는 엘리베이터에서 내리면 오른쪽으로 꺾어져 첫 번째 사무실이었고 남편이 다니는 컴퓨터 관련 회사는 맞은편의 사무실을 썼다. 결혼 뒤에 여자는 남편에게 같은 사무실에서 일하는 동료였다면 연애도 시작하지 않앞을 거라고 농담처럼 말하곤 했다. 속속들이 알아야 가까워지고 마음이 열리는 상대가 있다면 적당한 거리가 있어서 더 편하게 다가갈 수 있는 사람도 있다. 남편은 후자에 가까웠다. 같은 층의 다른 사무실 직원은 그런 조건에 적합했다.

그 무렵 여자는 오 년쯤 사귄 남자와 헤어진 상태였다. 결혼까지 생각하던 사이라 이별은 곧 파혼 선언이 되었다. 실연의 아픔보다 관계가 오래되고 깊어지면서 주고받았던 상처의 염증이 덧났고 진물이 줄줄 흘러내렸다. 여자는 다시 누군가를 만나 데이트를 하거나 사랑을 확인해야 한다는 게, 사랑의 모든 과정이 피곤했다. 이별은 평생 혼자 살겠다고 마음을 굳히는 계기가 되었고 그게 가능하려면 좀 더 안정적인 직업과 높은 연봉이 필요했다. 그건 그녀가 다니던 좁은 사무실에서 벗어나 옮겨 가야 할 곳을 찾아야 한다는 뜻이기도 했다. 시험 준비와 이직 사이에서 고민할 때 지금의 남편과 알게 되었다.

여자가 다니던 유아용 교재를 만드는 회사에는 여직원들뿐이었고 대부분 미혼이었다. 그때나 지금이나 여자가 가장 의아하게 생각하는 건 유아용 스티커북과 숫자, 한글 관련 교재를 만드는 회사에 아기 엄마가 한 명도 없다는 사실이었다. 처음에는 편집장이 아이 엄마였지만 이민을 간다고 그만둔 뒤 줄곧 미혼들끼리만 일했다. 그래서 월요일 점심시간에는 연애와 관련된 화젯거리가 늘 넘쳐났다. A가 애인이 생기면 B가 헤어졌고 C는 소개팅을 하고 와서 상대가 마음에 안 든다고 했다. 회사에 오래 다닌 동료들은 오피스텔 안에 입주한 다양한 업종의 회사와 직원들에 대한 정보가 훤했다. 엘리베이터를 타고 다니다 보면 출퇴근 시간에 같은 층의 사람들끼리 마주칠 일이 많았다. 동료들의 말을 들어보면 맞은편에 있는 컴퓨터 회사는 공대 과 사무실의 분위기와 흡사했다. 그 사무실의 남자들은 건물에서 드물게 캐주얼한 차림으로 출근했고 모두 안경을 썼고 인상이 비슷했다. 돈은 많이 버는지 모르겠지만 패기 없어 보이는 남자들만 수두룩해. 샌님 같다고나 할까. B는 아쉽다는 듯 말했다. 여자의 고민은 이미 어떤 종류의 남자를 만나야 할 것인가가 아니라 어떻게 하면 이 오피스텔에서 벗어나 더 많은 연봉을 주는 곳으로 갈 수 있느냐, 로 옮겨간 상태라 그런 얘기들이 와 닿지 않았다. 그래서 그 사무실에 다니는 남편과 만났을 때도 흥미가 생기지 않았고 궁금한 게 별로 없었다.

그와 처음 인사를 나눈건 후배와 함께 정수기의 물통을 교체하고 있을 때였다. 평소에 자주 하던 일이라 능숙하게 빈 물통을 꺼내고 새 물통의 뚜껑을 열었다. 여자와 후배가 물통의 이쪽과 저쪽을 마주 잡고 있을 때 사무실 문을 두드리는 소리가 났다. 문을 열자 옆 사무실 사람인데요, 하며 안경을 쓴 남자가 뒷머리를 긁적거리며 서 있었다. 엘리베이터를 몇 번 같이 탄 적이 있는 얼굴이었다. 남자는 A4용지 좀 빌릴 수 있을까요? 하고 묻더니 누가 시키지도 않았는데 물통을 받아 들었다. 괜찮다는데도 여자들이 무거운 걸 들게 할 수는 없다며 생수통을 들어 정수기에 꽂아놓았다. 여자와 후배는 얼결에 고맙다고 인사했고, 남자는 다음부터 이런 일이 있으면 자기네들을 부르라고 말한 뒤 나갔다. 그리고 다시 들어와서 A4용지를 얻어갔다. 보고 있던 동료들 몇이 킥킥거리며 웃었다. 누군가 귀엽다고 덧붙였다.

며칠 뒤 복도 끝에서 면접 통보 전화를 받고 있을 때

틈

남자가 쭈뼛거리며 다가와 A4용지 묶음을 건넸다. 여자는 통화 중인데다 남자가 전화 내용을 들을까봐 긴장해서 뒤로 주춤 물러났다. 다행히 그가 알아채기 전에 통화가 끝났다. 사무실로 가져다주셔도 되는데…… 여자가 말끝을 흐리자 남자는 자판기 버튼을 가리키며 뭐 마실래요? 하고 물었다. 괜찮아요,라고 답하면서 여자는 이 사람이 왜 이러나, 이러지 말았으면 좋겠다고 생각했다. 이상하게 누군가를 만나고 싶다거나 연애하고 싶다고 바랄 때는 아무도 얼씬거리지 않고 관심 갖는 사람도 없다가 애인이 있을 때나 만사가 귀찮고 사람이 싫을 때, 공부에 집중해야 할 때면 꼭 누군가 끼어들었다. 인생이 뭐 이따윈가, 투덜대며 여자는 남자의 얼굴을 빤히 쳐다봤다. 그가 무안해하거나 이상한 여자라고 생각하며 가버렸으면 좋겠다는 마음이었다. 그런데 남자는 눈치가 없는 건지 취향이 독특한 건지 싱글싱글 웃으며 저는 콜라 마실 겁니다, 하고 버튼을 눌렀다. 캔 콜라가 둔탁한 소리를 내며 바닥에 떨어졌다. 여자가 뚱하게 쳐다보는 동안 자판기는 거스름돈을 반환했다. 남자는 개의치 않고 그걸 꺼내 다시 자판기에 넣었다. 여자는 밀크티 버튼을 눌렀다. 고맙다, 잘 마시겠다고 인사한 뒤 사무실로 들어가려고 하자 남자가 영화 좋아해요? 하고 물었다. 여자는 남자를 등진 채 얼굴을 구겼다.

"연극은요? 뮤지컬은 어때요?"

제가 공연 보는 거 좋아하는데 초대권이 생겼거든요. 거기까지 듣고 나서 여자는 고개를 돌렸다.

"제가 지금 누굴 만나고 싶은 기분이 아니거든요."

여자는 길에서 '도를 아십니까?'라고 묻거나 '아가씨 인상이 정말 좋은데 잠깐 얘기 좀 해요'라고 말을 붙여오는 종교인들에게 하듯 매몰차게 대꾸했다. 남자가 특별히 비호감이라거나 그의 어떤 면이 여자를 화나게 만든 건 아니었다. 말 그대로 관심이 안 생기고 누굴 만나고 싶지 않은 것뿐이었다.

"음료수는 고마워요. 그런데 저 진짜 관심 없어요."

남자는 콜라를 꿀꺽꿀꺽 마시더니 빈 캔을 휴지통에 버렸다.

"알아요, 알아. 헤어진 지 얼마 안 됐으니까 시간이 필요하겠죠."

여자는 캔 뚜껑을 따려고 애쓰다가 관뒀다.

"누구한테 무슨 얘기를 들은 거예요?"

여자는 남자에 대해 아는 게 전혀 없었다. 이름도 나이도 사는 곳도 하는 일도 유부남인지 아닌지도 몰랐다. 여자가 눈을 크게 뜨자 당황한 남자가 베이지색 맨투맨 티의 소매를 만지작거렸다. 깨끗이 빨아 입은 듯하지만 오래되어 소맷단이 나달거렸다. 그는 머뭇거리더니 궁금해서 이 사람 저 사람에게 묻고 다녔다고 해명했다.

"다른 뜻은 없었어요. 그냥 좀 궁금해서, 알고 싶어서 그랬어요."

여자는 아무 대꾸 없이 사무실로 들어와버렸다.

그 뒤로 엘리베이터나 건물 출입문 앞에서 만나면 남자는 인사를 하고 안부를 묻고 여자가 마셨던 밀크티 캔에 포스트잇을 붙여 건넸다. 여자는 모른 척하거나 받지 않고 돌려주거나 그대로 책상 서랍 안에 넣어두었다. 그게 봄 무렵이었다. 여자는 퇴근 후 영어학원에 다녔고 공부 외에 다른 것은 하지 않았다. 시간이나 계절이 어떻게 지나가는지 알 수 없었다. 희로애락이 빠져나간 마음은 텅 빈 것 같았다.

장마가 시작되어 후덥지근하고 눅눅하던 저녁, 학원 수업을 마치고 나오는데 맥주 생각이 났다. 한 번 마시고 싶다는 마음이 들자 떨쳐내기가 어려웠다. 집에 캔 맥주를 사가도 되지만 모처럼 누군가와 마주 앉아 건배하며 이야기를 나누고 싶어졌다. 누구를 부르면 좋을까, 고민하다가 남자와 한잔해도 괜찮겠다는 쪽으로 생각이 이어졌다. 여자는 지갑에 넣어둔 명함을 꺼내 메시지를 보냈다.

임정호 대리. 남자가 캔에 붙여 보낸 명함에는 휴대폰번호에 밑줄이 쳐져 있었다. 문득 자신의 연락처에 줄을 긋고 그걸 음료수에 붙여 건네는 손길에 마음이 쓰였다. 그게 몇 번째 받은 음료인지도 모르고 그전에 받은 포스트잇은 모두 버렸으면서 새삼 그랬다. 그동안은 자신이 어떤 사람인지 모르면서 같이 영화를 보자느니, 콘서트에 가자느니 하면서 다가오는 남자를 이해하기 어려웠고 이해하고 싶지도 않았다. 그런데 마음에 공간이 생기니 그와 맥주 한 잔 정도는 할 수 있을 것 같았다. 그는 그즈음 유일하게 호감을 표현한 사람이었고 여자가 어떤 말을 해도 귀 기울여줄 것 같았다. 남자는 진짜냐고 물었고 당연히 가겠다고 했으며, 여자의 마음이 변할까 두려웠는지 주문한 커피를 다 마시기도 전에 카페에 나타났다.

그날 두 사람은 여러 잔의 맥주를 마셨고 허심탄회하게 대화를 나눴다. 여자는 마음에 없는 이성과 이야기하는 편안함이 좋았고 그가 꽤 재미있는 사람이라는 느낌을 받았다. 용기 내어 연락해보길 잘했다는 생각이 들었고 저녁 시간이 아깝지 않았다. 종종 얼굴을 보면서 어떤 사람인지 알아가도 좋겠다고, 가끔 밥이나 술을 먹으며 사는 얘기를 나눠도 괜찮겠다는 마음을 갖고 헤어진 뒤로 시간이 빠르게 지나갔다.

그다음에는 남자가 여자를 불러냈고 여자는 차마 거절하지 못했다. 한 번의 빚이 있다고 생각했고 한 번 더 만나 술과 이야기를 나눠도 좋겠다 싶었다. 저녁을 먹고 나서 남자는 영화를 보러 가자고 했다.

"그때 영화 좋아하냐고 물어봤던 거, 수작 걸려고 했던 말은 맞지만 저 진짜 영화 좋아해요."

그는 오래전부터 해명하고 싶었던 듯 힘주어 말했다.

한 번씩 서로를 불러낸 뒤 두 사람은 회사에서 마주

치면 가볍게 인사를 했고 가끔은 농담도 주고받았다. 스쳐지나갈 때 말없이 서로의 눈을 쳐다보며 웃음을 나눈 적도 있었다. 남자가 좋은 건 아닌데 빡빡한 회사 생활에서 잠깐 나누는 인사와 사소한 교감이 따뜻해서 여자는 사무실에서 벗어날 일이 있을 때마다 복도에서 오래 서성거렸다.

같이 저녁을 먹는 일도 늘어났다. 퇴근 무렵에 엘리베이터나 건물 앞에서 우연히 마주치기도 했고 우연을 가장해서 마주치기도 했다. 여자가 학원에 가는 길이라고 하면 남자는 공부를 해도 밥은 먹고 할 거 아니에요, 밥은 먹고 해야지, 하고 우기며 식당에 데려갔다.

자주 만나다보니 당연하다는 듯 감정이 생겨났고 호감으로 발전했다. 여자는 점점 공부와 취업 준비에 소홀해졌다. 더 좋은 회사로 옮겨가기 위해 시간을 쪼개서 살겠다는 생각보다 익숙한 곳에 출근해서 일하다가 퇴근 후 남자와의 데이트를 즐기는 편이 더 즐겁다는 쪽으로 마음이 기울었다. 한번 기운 마음은 돌아올 줄 몰랐고 사랑으로만 치달았다. 오 년의 연애가 뛰어넘지 못한 결혼의 풍랑을 일 년의 연애는 가뿐하고도 부드럽게 타 넘었다.

결혼하고 두 아이를 낳아 키우며 사는 동안 많은 것이 달라지고 변했다. 그녀가 그녀이고 그가 그라는 것만 빼면, 그것조차 상대의 시선으로 바라보면 저 남자가 예전의 그 남자인가라는 생각에 자주 빠졌으므로 어쩌면 모든 것이 변한 셈이었다. 그 속에서 여자가 유일하게 일관되다,라는 인상을 받은 게 바로 남자가 한눈팔지 않고 앞으로도 그런 일은 없으리라는 점이었다. 연애 기간 동안 그들 사이에 이성 문제가 끼어든 적은 한 번도 없었다. 그전에 결혼까지 생각했던 남자가 자잘한 여자 문제를 일으켜 힘들게 했던 걸 떠올리면 대단한 장점이었다. 그래서 그녀가 목격한 장면은 더 충격적이었다. 차 속에 있던, 다른 여자의 얼굴을 어루만지던 그 남자는 누구인가. 그는 그녀가 알던 임정호 대리, 음료수에 포스트잇을 붙여서 건네던 남자, 미호와 지유의 아빠가 맞나.

여자는 한참 동안 남편과 만났던 무렵의 일들을 더듬었다. 그건 남편이나, 남편과 결혼하기까지의 연애 스토리에 대한 게 아니라 지나간 한 시절, 이제 과거가 되어버린 사랑에 대한 회상이었다. 지금의 남편, 차에 다른 여자를 태우고 어딘가로 가는 그 남자도 그때와 다른 사람이지만 여자 역시 그때의 정윤주는 아닐 것이다. 그들은 여기 있지만 여기 없는 거나 마찬가지다. 다시는 그녀가 될 수도 그를 만날 수도 없다. 하지만 그 건물의 6층에 가면 아직도 정윤주와 임정호가 자판기 앞에 서서 주변의 눈치를 살피며 수줍게 대화를 이어가고 있을 것 같았다. 그들의 고민은 여전히 퇴근 후 데이트 코스에 관한 것이겠지. 저녁은 어디에서 먹을까. 영화는 뭘 보지? 주말에는, 연휴에는 어디에 갈까? 오직 둘이 함께 있는 순간 즐겁고 행복하기 위한 것에 집중돼 있을 것이다. 아까는 차에 탄 남녀가 어디로 달려가 무얼 할지, 생각이 그쪽으로 뻗어나가는 게 고통스러웠다면 이제는 사라져버린 청춘남녀가 그리워 눈물이 났다.

남편에게 다른 여자가 있다는 건, 그가 언젠가부터 자신이 있는 곳과 행선지와 동행인을 속였고 마음을 숨기거나 다른 마음을 품은 채 살았다는 뜻이다. 이전의 그가 아닌 다른 사람이 집에 들어와 인사하고 식탁의 맞은편에 앉아 한 그릇 안의 찌개를 떠먹은 뒤 여자의 옆에 누워 잠들었다는 것이다. 왜 그렇게 되었을까.

따져보면 원인은 도처에 있다. 때로는 존재의 이유 조차 파멸의 원인이 된다. 멀쩡하게 매달려 있던 줄이 갑자기 끊어지거나 바닥이 무너지기 전에는 그것이 얼마나 허약하고 허술한지 깨닫지 못한다. 틈이 벌어지고 부서지고 깨진 뒤에야 그게 애초에 견고하지 않고 연약한 것이었음을 알게 된다. 사랑은 얼마나 훼손되기 쉬운가. 믿음은 얼마나 부서지기 쉬운가. 누군가 정신 차리라고 여자를 흔들어대는 것 같았다. 이봐라. 이게 네가 사랑하던 사람이고 네가 마음을 붙이고 살고 있는 곳의 현실이다. 여자는 젖은 수건 속에서 소리 죽여 울었다. 습습습, 습기 배출되는 소리가 여자의 흐느낌을 덮어주었다. 흐르는 눈물이 땀처럼 느껴진다는 점에서 사우나는 몰래 울기 좋은 곳이었다. 오래전부터 울고 싶었던 것처럼 그녀는 한참 울었다. 코가 막히고 귀가 먹먹해질 때까지 울고 나자 오히려 숨을 쉴 수 있을 것 같았다. 어둑한 사우나의 구석에서 뜨끈하게 데워진 수건으로 눈물과 콧물을 닦아냈다. 아무도 없고 아무 말도 하지 않아도 된다는 게 큰 위안이 되었다.

여자는 다시 냉탕으로 들어갔다. 물속에서 숨을 오래 참고 버티다가 나오기를 반복했다. 뜨겁거나 차가운, 극단적인 상태가 좋았다. 생각을 밀어내려고 팔다리를 많이 움직이고 땀을 많이 흘렸다. 손가락의 지문이 쪼글쪼글해졌을 때 수건으로 물기를 닦고 밖으로 나왔다.

입고 왔던 원피스와 카디건을 다시 걸치니 들어오기 전의 상태로 돌아간 듯했다. 냉장고 옆 행거에 걸린 판매용 옷들을 쳐다봤지만 새 옷을 입는다고 말끔해질 리 없었다. 여자는 선풍기를 틀어놓고 머리를 천천히 말렸다. 바람결에 탄내가 밀려왔다. 둘러보니 왼쪽 문 옆에 흡연실 팻말이 붙어 있었다. 원래 흡연실이 있었나. 여자는 무심결에 문을 열었다. 찜질복을 입은 중년여자가 담배를 피우고 있다가 천천히 고개를 돌렸다. 여자는 황급히 문을 닫았다. 화장실 문을 벌컥 열었을 때처럼 민망했다. 머리를 말리며 문득, 흡연실 안에 있던 여자가 민규 엄마와 닮았다고 생각했다. 찜질복을 입은 사십대의 여자들이란 비슷해 보이기 마련이지만 컬이 풍성한 단발머리에 뿔테안경을 쓴 사람은 흔하지 않았다.

그럼에도 민규 엄마가 아닐 수도 있겠다고 생각한 건 그녀가 여자를 보고도 태연했기 때문이다. 자신이 거기에 있었다면 분명히 허둥댔을 것이다.

뒷머리를 말리느라 고개를 반쯤 숙이고 있을 때 미호 엄마, 하며 누군가 등을 툭툭 쳤다. 돌아보니 찜질복을 입은 민규 엄마가 서 있었다. 담배 냄새가 진하게 풍겼다.

"미호 엄마 맞구나. ……여기서 보게 될 줄은 몰랐네."

"몸이 좀 찌뿌드드해서 들렀어요."

여자가 선풍기의 전원을 끄자 민규 엄마는 세면대에서 손을 씻었다. 손의 물기를 닦으며 할 말이 있는 듯 머뭇거렸다.

"저기 미호 엄마."

"아까 그건…… 걱정 마요. 못 본 걸로 할게."

"신경 쓰지마. ……나 담배 피는 거 아는 사람 많아."

여자가 고개를 갸웃거리자 아파트가 원래 소문 금방 퍼지는 데잖아, 하며 맥없이 웃었다.

"근데 미호 엄마는 얼굴이 왜 그래. 무슨 일 있어?"

여자는 부은 얼굴을 손으로 감쌌다. 아무 일 없다고, 좀 피곤해서 그런 거라고 둘러대고 싶은데 이상하게 입이 떨어지지 않았다. 그만 나가야 한다고 생각하면서도 민규 엄마가 쳐다보자 눈물이 울컥 솟아올랐다. 실컷 울었다고 생각했는데 더 나올 눈물이 없다고 생각했는데 눈시울이 뜨거워지는 이유를 알 수 없었다. 여자는 옆으로 돌아서서 눈물을 추스른 뒤 세면대에서 찬물로 얼굴을 씻었다. 미안해요. 내가 왜 이러는지 모르겠네. 별일 없는데. 겨우 웃음을 섞어 말하고 나니 민규 엄마의 눈 속도 붉게 부풀었다. 언니는 또 왜 그래요? 여자는 수건으로 얼굴을 닦아냈다. 그러게. 내가 왜 이러지. 민규 엄마도 안경을 벗더니 눈 밑을 찍어냈다.

이상하고 난감한 순간이었다. 민규 엄마와는 그다지 가까운 사이도 아니고 속 얘기를 털어놓은 적도 없었다. 한 동네에서 십 년, 같은 아파트에서 팔 년 동안 살면서도 미호가 어린이집에 다니기 전까지 여자는 딱히 누군가와 인사를 하며 지내거나 친분을 쌓지 않았다. 미호가 어린이집, 유치원에 가면서 자연스럽게 어떤 커뮤니티 안으로 들어가게 되었고 아이가 거기 다니는 동안에는 모임을 유지했지만 개인적인 관계로 이어지지는 않았다. 또래 엄마들의 모임에 속하는 건 가끔 든든하고 이따금 도움이 되고 대체로 피곤했다. 아이와 관련된 커뮤니티기 때문에 대부분의 엄마들이 선의를 갖고 임하지만 말과 행동이 빠르고 목소리가 큰 사람은 어디에나 있었다. 그런 사람들이 부담스러워서 여자는 깊이 개입하지 않고 거리를 뒀다.

민규 엄마와는 미호 유치원 때부터 알게 되었다. 같은 아파트에 살고 같은 유치원에 다니고 초등학교에 올라가서 미호와 민규가 같은 반이 된 적도 있지만 따로 만나거나 개인적인 연락을 주고받은 적은 없었다. 친분이 없었던 건 싫어해서 그렇다기보다 적극적으로 나서지 않는 성격 탓이 컸다. 민규 엄마는 직장 맘이었다가 얼마 전에 전업 주부가 된 케이스였다. 낮에 서로의 집을 오가고 같이 점심을 먹으며 몇 년 동안 친분을 쌓아온 엄마들은 뒤늦게 모임에 합류하려는 이들에게 묘하게 적대적이었고 텃세를 부렸다. 민규 엄마는 개의치 않았고 모임에 기웃거리지도 않았다. 여자는 그런 민규 엄마에게 호감이 갔지만 나이 많은 그녀가 좀 어려웠다.

민규 엄마와 나란히 서 있는 동안 흡연실의 문은 여러 번 열렸다가 닫혔다. 여자들은 찜질복 차림이거나 속옷만 입은 채로 담배와 라이터가 든 작은 파우치를 들고 있었다. 정확한 나이는 알 수 없지만 민규 엄마 또래거나 그보다 많아 보였다. 민규 엄마가 그녀들 중 몇 사람과 인사를 주고받았다. 마트나 버스 정류장에서 본 듯 낯익은 얼굴도 있었다. 그녀들은 주위를 살피며 조심스레 흡연실에 들어갔고 제 몫의 담배를 피운 뒤 나왔다. 여자를 경계하는 것처럼 보이기도 하고 관심이 없는 것 같기도 했다.

대학 때 여자는 담배를 배워보려고 시도했으나 번번이 실패했다. 드라마에 나오는 것처럼 캑캑, 콜록거리며 맵다고 난리를 피운 건 아니지만 번번이 연기를 목구멍 안으로 삼키지 못했고 빨아들인 연기는 입안을 맴돌다 맥없이 흘러나왔다. 카페에서 방법을 알려주던 친구가 피우지 마라, 담배가 아깝다, 했다. 여자는 가게에서 산 담배 한 갑을 가지고 몰래 연습을 해봤지만 한 대도 제대로 피우지 못하고 겉담배로 끝났다. 여자는 친구들이 카페나 술집에서 담배를 피우며 커피와 맥주를 마시는 게 가끔 부러웠고 때로는 불편했다. 그때 카페에 앉아 담배를 피우던 친구들은 결혼하고 아이를 갖고 입덧을 하고 출산과 모유 수유를 통과하며 대부분 담배를 끊었다. 물론 결혼도 하지 않고 결혼은 했어도 아이를 낳지 않고 담배를 끊거나 계속 흡연자로 남아 있는 친구들도 있지만 여자는 이제 그녀들이 어디에서 담배를 피우는지 알 수 없다. 그녀들은 눈에 띄지 않고, 거리나 카페의 귀퉁이에서 담배를 피우는 건 여전히 젊은 사람들이다. 여자에게 흡연은 젊음의 상징처럼 느껴져서 아이를 키우는 여자, 학부형, 중년에 접어든 여자, 그보다 더 나이든 여자들이 담배를 피우는 모습은 낯설었다.

그녀들이 어딘가에 숨어서 담배를 피운다면 여자는 텅 빈 식탁에 앉아 오전의 빵과 한밤의 아이스크림을 먹어치웠다. 평범한 간식에 불과하지만 그것 없이 살기 힘들다는 점에서, 스트레스를 받거나 문제가 생길 때마다 폭식한다는 점에서, 낮의 빵을 누르면 밤의 아이스크림에 집착하고 어떤 순간에는 그것만이 위로가 된다는 점에서 중독에 가까웠다.

저녁을 먹고 아이들을 씻겨서 재우고 집 안을 대충 치우고 샤워를 하고 나오면 자정 무렵이 되었다. 남편은 컴퓨터 앞에 앉아 외국 드라마를 보거나 게임을 했고 여자는 얼굴과 몸에 로션을 바른 뒤 식탁에 앉아 숨을 돌렸다. 그러고 나면 아이스크림의 시간이 찾아왔다. 여름이나 겨울, 계절에 상관없이 하루가 끝날 때쯤이면 온종일 움직인 몸은 과열상태가 됐다. 차갑고 부드럽고 달콤한 아이스크림으로 달래주어야 하는 것이다. 여자는 냉장고에 있는 아이스크림의 양을 가늠하며 망설였지만 문을 열고 아이스크림을 식탁 위에 올려놓기까지 시간은 그리 오래 걸리지 않았다. 처음 한 스푼은 기대에 차서 천천히, 두 번째는 입안에 퍼지는 맛에 감탄하며 신나게, 그다음부터는 몇 스푼 째인지 세지 않고 퍼먹었다. 반 통 정도 먹고 나면 선택의 순간이 왔다. 멈출 것인가, 바닥을 볼 것인가. 그대로 손과 입을 움직이는 건 쉽고 뚜껑을 덮는 건 어려웠다. 여자는 대체로 반 통쯤에서 자제하는 편이었으나 가끔은 바닥이 드러날 때까지 멈추지 못했다. 화장실에 가거나 물을 마시러 나온 남편이 그런 여자를 의아하게

틈

쳐다봤다. 밤마다 무슨 아이스크림을 그렇게 먹어? 의미는 같으나 기분과 상황에 따라 말의 내용이 조금씩 달라졌다. 여자는 그의 말에 상처받는 편이라 먹는 모습을 들키지 않으려고 애썼지만 숨어서 먹지 않는 한 그가 모르는 척해주기를 바라는 수밖에 없었다. 손을 씻고 양치를 할 때면 여자는 거울에 비친 얼굴을 노려보았다. 곧 자야 할 시간이고 섭취한 열량을 소비할 만큼 운동량이 많지 않으며 예전만큼 젊지 않으니 아이스크림은 고스란히 살로 갈 게 분명했다. 물기를 닦을 때마다 밤의 아이스크림을 끊자고 다짐했다. 그러나 그 열망은 사라지지 않은 채 새로운 스트레스가 되었고 낮의 빵으로 치환되었다. 남편과 아이들을 깨워 회사와 학교에 보내고 집안일을 끝내놓은 뒤 라디오를 틀면 커피와 빵에 대한 열망이 피어올랐다. 여자는 이틀에 한 번꼴로 빵집에 들렀고 신중하게 쟁반을 채웠다.

여자는 흡연실의 문을 쳐다보았다. 그 안 어딘가에 앉아 담배를 피우는 나이 든 여자들의 모습을 그려보았다. 아마 밤의 식탁에 앉아 아이스크림을 먹는 여자의 모습과 비슷할 것이다.

"미호 엄마. 식혜 한 잔 마시자."

"언니. 다음에 마셔요. 오늘은 좀……."

"오랜만에 만났는데. 바쁜 일 없으면 같이 마셔."

여자는 아무것도 하고 싶지 않았지만 집에 가서 혼자 있고 싶지도 않았다. 식탁에 앉아 아이스크림통을 꺼내게 될까봐 두려웠다. 두 사람은 식혜가 든 플라스틱 물병을 들고 홀 가운데 평상에 앉았다. 한 모금 쭉 들이켜는데 땀에 젖은 찜질복을 입은 윤서 엄마가 들어왔다. 왔어? 민규 엄마가 옆으로 옮겨 앉으며 자리를 만들었다.

"이쪽은 윤서 엄마, 여긴 미호 엄마. 서로 알지?"

여자와 윤서 엄마는 가볍게 눈인사를 했다. 아파트의 같은 라인에 살아서 현관이나 엘리베이터에서 만나면 인사 정도는 주고받았다. 모르는 사이는 아니지만 안다고 하기도 애매한 사이였다.

윤서 엄마는 목에 건 수건으로 땀을 닦으며 앉았다. 한숨을 푹 쉬더니 요즘 부쩍 멋을 부리는 윤서 때문에 걱정이라고 했다.

"애가 너무 까졌어요."

6학년이 된 윤서는 부쩍 화장을 하고 주말이면 남자애들과 몰려다니느라 집에 붙어 있질 않는다고 했다. 여자도 엘리베이터에서 짧은 반바지에 굽이 있는 구두를 신은 윤서를 보고 벌써 중학생이 되었나, 놀랐던 기억이 났다.

"내가 그렇게 살아봐서 알거든요. 되게 허무해요. 어릴 때는 그냥 친구들이랑 노는 게 최고야. 남자는 무슨. 크면 물리도록 만날 텐데."

윤서 엄마는 요즘 너 같은 딸 낳아서 키워봐라, 했던 엄마의 말이 눈앞에 그대로 펼쳐지는 것 같다고 했다.

"내가 남자 만난다고 사복 싸가지고 다니면서 사고칠 때 우리 엄마 마음이 이랬겠구나, 싶어요. 근데 왜 자식은 안 닮았으면 좋겠다 싶은 것만 그대로 닮을까요."

우리 엄마는 발랑 까지지도 않고 얌전했다는데 왜 나 같은 딸을 낳아서 고생했나 몰라, 불쌍하기도 하고. 말끝에 윤서 엄마는 싱겁게 웃었다.

"내 주변에는 옛날로 돌아가면 연애 많이 할 거라고, 연애 못 해본 게 후회된다는 사람들만 수두룩한데. 늙으면 썩어질 몸 뭐하러 아꼈나, 그러잖아. 다들."

우스갯소리를 해놓고도 민규 엄마의 표정은 심각했다.

"연애 좋죠. 근데 뭐든 적당해야 좋아. 그때의 나를 만날 수 있다면 말해주고 싶어요. 남자보다 네가 더 중요해. 너한테 좀 집중해봐."

"난 인생에 남자 자체가 별로 없어서……. 다른 남자를 만나봤으면 어땠을까. 그래도 이 사람이랑 결혼했을까 생각할 때가 많아."

민규 엄마는 나중에 민규에게 많은 사람, 특히 이성을 만나보라고 얘기해주고 싶다고 했다. 청춘은 어떻게 보내도 후회가 남는 것 같다고 두 사람이 입을 모았다.

여자는 연애도 남편에 대한 얘기도 보탤 게 없어서 듣기만 했다. 두 사람의 얘기가 아이, 학교, 학원, 과외의 패턴을 맴돌다가 화장품이나 연예인으로 넘어가지 않아서 불편함이 덜했다.

"연애는 많이 하고 결혼은 안 했더라면 더 좋았겠지."

민규 엄마가 한숨처럼 말을 흘렸다. 여자는 마치 자신이 그 말을 한 것 같은 기분에 사로잡혔다.

밤에, 여자는 남편에게 아무것도 묻지 않았다. 오늘 내가 본 것이 무엇이냐고, 너는 느지막이 일어나 누구를 태우고 어디로 달려간 거냐고 묻지 않았다. 거기에서 그 사람과 어떤 시간을 보냈냐고, 그때 나와 아이들은 잊은 거냐고도 묻지 않았다. 자정 무렵 들어온 남편은 피트니스클럽에 들렀다 와서 피곤하다고 했고 배가 좀 들어간 거 같지? 하며 손으로 두드렸다. 그가 방으로 들어간 뒤 여자는 밤의 식탁에 앉았지만 아이스크림을 꺼내지는 않았다. 오전에 빵을 허겁지겁 먹은 뒤 점심 저녁을 모두 걸렀지만 허기를 느끼지 못했다. 의자에 앉아 검게 변한 베란다 창문을 쳐다보다가 소파에 누웠다. 낮에 여자가 본 건 그 장면뿐이지만 그들 사이에 수없이 많은 장면이 있을 거라는 생각을 지우기 힘들었다. 여자는 소파에서 뒤척이다가 설핏 잠들었고 새벽에 아이들의 방에 가서 이불을 덮어준 뒤 그 옆에 누웠다.

다음날 아침 여자는 남편에게 녹즙을 갈아주었다. 평소와 동일하게 케일에 과일을 두 종류 넣었다. 남편은 쓰다는 말없이 마셨고 이제 먹을 만하다고 했다. 아이들을 학교에 보낸 뒤 여자는 팔을 걷어붙이고 남편의 책장을 뒤집었다. 건강검진 결과통보서는 여전히 같은 시집에 꽂혀 있고 비상금은 어디에서도 나오지 않았다. 액수가 줄어든 적은 있어도 비상금 자체가 사라진 적은 없었다. 여자는 미친 듯이 책장을 넘겼고 한 권씩 허공에 대고 털었다. 건식 사우나에 들어온 것처럼 얼굴과 몸에 열이 오르며 땀이 솟아났다. 여자는 손부채질을 해가며 책상 서랍을 뒤졌고 잡동사니를 넣어두는 상자를 바닥에 쏟았다. 놓치고 못 찾은 책이 있을까봐 눈을 부릅뜬 채 두리번거렸다. 그런 자신의 모습이 싫었지만 멈출 수 없었다. 그녀가 그만둔 건 빳빳한 종이에 손가락 사이를 깊이 베인 뒤였다. 찢어진 게 손이 아니라 가슴 어딘가인 것처럼 한참 동안 쿵쾅거리는 심장 부근을 지그시 눌렀다.

여자는 손에 밴드를 붙인 다음 방전된 것처럼 가만히 앉아 있었다. 그러다 불에 덴 듯 일어나 찬물을 한 잔 마셨다. 뭐라도 하지 않으면 미쳐버릴 것 같아서 구립 체육센터 홈페이지에 접속했다. 수영 강습을 신청하려면 다음 달까지 기다려야 하고 자유수영은 오후나 주말에 가능했다. 오후 네 시는 미호와 지유가 학원에서 돌아와 간식 먹을 시간이라 집을 비우기 망설여졌다. 여자는 마우스를 움직여 수영할 만한 다른 곳을 찾아보았다. 그리고 컴퓨터를 끈 뒤 일어나서 속옷과 목욕용품을 챙겼다.

오전의 목욕탕에는 아무도 없었다. 여자는 여탕 안을 둘러보며 안도했다. 천장에 맺힌 물방울이 가끔 어깨 위로 툭툭 떨어졌다. 여자는 가볍게 샤워를 한 뒤 열탕과 냉탕, 사우나를 오갔다. 그때마다 몸은 따뜻해지고 차가워졌으나 내면에는 결코 섞이지 않는 두 개의 구간이 존재했다. 애써 온기를 유지하고 있는 온탕과 차갑게 식어 아무 표정도 없는 냉탕. 그 둘은 멀찍이 떨어져 있고 여자는 문밖에 서서 어디로 들어가야 할지 고민 중이었다. 온탕의 미지근함은 여자를 설득하거나 위로하지 못하고 냉탕의 냉랭함에는 자비가 없었다.

시간이 흐르면서 아이들과 관련된 것은 대부분 변하고 달라지겠지만 남편과 자신의 삶은 큰 변화 없이 완만한 하향곡선을 그리며 흘러갈 거라고 믿었다. 새로운 일을 시작하거나 어떤 시기로 접어들 때 갖는 설렘이나 기쁨, 좋은 친구는 줄어들 테고 지출이나 빚, 질병은 점점 늘어나고 걱정이나 염려, 겁은 많아져서 균형이 무너지겠지만 그게 삶 전체를 위협하지는 않을 거라고 생각했다. 예측 불가능한 사건이나 사고, 짐작과 다른 일이 벌어지지 않을 거라고 단정하는 게 아니라 그런 일이 일어나도 타격은 입겠지만 기본적인 믿음과 감정을 건드리거나 둘 사이의 거리에 영향을 주지는 못할 거라고 생각했다. 소파나 식탁이 늘 그 자리에 있듯 두 사람도 서로의 삶 어딘가에 소파와 식탁처럼 안정적으로 자리 잡고 있다고 믿었다.

여자의 안일함을 비웃기라도 하듯 삶은 무방비상태에 있을 때 전혀 다른 표정을 보여주었다. 그 얼굴을 본 뒤로 여자는 방향을 상실하고 일상 밖으로 밀려났다. 거대한 파도가 그녀를 낯선 해변에 데려다놓은 것 같았다.

어제 식혜를 마시며 민규 엄마는 어쩐지 이상한 날이었다, 고 말했다.

"아침부터 무슨 일이 벌어질 것 같았어. 왜 그런 날 있잖아."

남편과 민규가 아직 집에 있는데 그녀는 아침부터 담배 한 대 생각이 간절해졌다. 평소에는 집에서 담배를 피우지도, 피우고 싶다는 생각을 하지도 않는데 이상했다. 그게 불길한 예감 때문이었는지 아침부터 담배 생각이 난 게 불길했던 건지는 확실치 않았다. 기분 탓인지 컵을 떨어뜨리고 물을 엎지르며 사소한 실수를 연달아 저질렀다. 민규가 학교에 간 뒤에도 남편은 미적거리며 화장실과 방을 들락거렸다. 그녀는 물을 마시며 시계를 힐끔거렸다. 그가 나가야 할 시간이 십 분이나 지난 상태였다.

지각 얘기를 하려는데 방에서 나온 남편이 싱크대 안쪽에 있던 파우치를 꺼내 눈앞에서 흔들었다. 그녀는 파우치라고 생각하지만 사실은 조미료가 들어 있던 지퍼 백에 담배를 숨겨둔 것이었다.

"너 담배 다시 피우냐?"

그 말은 불길한 예감의 리스트 어디에도 없었고 있어서도 안 되는 것이었다. 그녀는 놀랐지만 태연한 척하려고 애썼다. 남편이 파우치를 찾아냈다는 것만큼이나 그의 빈정거리는 말투에 소름이 끼쳤다.

"······어쩌다, 한두 대 피우는 거야."

그녀는 자신의 목소리가 떨리는 게 마음에 들지 않았다.

"엘리베이터에서 윗집 부부랑 마주칠 때마다 내가 얼마나 곤혹스러운지 알아? 그 사람들은 내가 화장실이랑 베란다에서 담배 피우는 미개인인 줄 안다고."

"집에서 안 피운다니까."

"앞 동에서 봤다는 사람이 있어."

그는 누가 들을까봐 두려운 듯 목소리를 낮췄지만 이 순간을 기다려왔던 사람처럼 호전적이었다. 앞 동이라는 말에 그녀는 아득해졌다. 앞 동이라면 사우나에 자주 오는 키 작은 여자를 말하는 건가, 아니면 앞 동의 다른 사람이 목격한 건가, 감이 잡히지 않아 할 말을 잃었다.

"저번에 내가 끊으라고 했잖아."

그녀가 멍하게 서 있자 남편이 그녀를 쏘아보았다.

그는 지퍼 백을 들고 흔들다가 그 안에서 담배를 꺼냈다. 그리고 마땅히 그래야 한다는 듯 망설임 없이 화장실로 갔다.

"정신 차려. 넌 애 엄마고 민규는 여기에서 계속 학교에 다녀야 돼."

따라들어가지 않아도 그가 담뱃갑을 열어 그 안에 든 담배를 양변기에 쏟아버리는 게 보였다. 그녀는 가서 말리거나 소리를 지르는 대신 고개를 돌려 외면했다. 잠시 뒤 현관문이 거칠게 닫히고 도어록이 잠기는 소리가 났다. 그녀는 그 자리에 좀 더 서 있다가 화장실 안으로 들어갔다. 양변기 안에는 열 개비가 넘는 담배가 둥둥 떠 있었다. 건져서 버려야 하는데 맥없이 쳐다만 보았다. 소리를 지르거나 몸싸움을 한 것도 아니고 그저 몇 마디의 말이 오가고 반 갑의 담배를 버린 것뿐인데 가슴속에서 뭔가가 쑥 빠져나갔다. 다리가 후들거려 무릎이 꺾이지 않도록 힘을 줘야 했다. 팔뚝에 소름이 돋아서 손으로 계속 쓸어내렸다.

그녀라고 민규 생각을 안 하는 게 아니었다. 집에서 담배를 피울 때는 머리에 냄새가 밸까봐 샤워 캡을 쓰고 창문 아래 쪼그려 앉았다. 아이가 오기 전에 샤워를 하고 옷을 갈아입었다. 니코틴을 보충해서 가뿐해진 것과 별개로 자괴감이 마르지 않은 물기처럼 남아 있었다. 오전에 남편과 아이가 나간 집에서 서너 대, 밤에 두 사람이 잠든 뒤에 한 대를 피우고 자는 게 다였는데도 늘 냄새에 신경 썼다. 화장실 흡연에 대한 공고문이 엘리베이터에 붙은 뒤로는 화장실에서도 피우지 않았다. 그녀가 죄책감을 느끼는 건 시선이나 체면 때문이 아니라 온전히 열 살 된 아들 때문이었다. 흡연은 기호일 뿐 인간성이나 모성과 상관없는데도 숨어서 몰래 피우니까 피해를 주지 않는데도 민규를 생각하면 죄책감이 들었다.

그녀는 임신을 확인하면서 바로 담배를 끊었지만 출산, 수유, 복직을 마무리한 뒤 다시 피우기 시작했다. 아이의 돌을 한 달 앞둔 시점이었다. 민규는 새벽마다 한두 번씩 깼고 우유를 먹거나 한바탕 운 다음에 다시 잤다. 아이가 잠들면 그녀도 고꾸라져 잠들었으나 가끔 거짓말처럼 잠이 달아났다. 그럴 때면 그녀는 출근해서 해야 할 일을 생각하며 빨리 잠들려고 애썼다. 회사에서 그녀는 윤정희, 윤 과장으로 사무실의 책상에 앉아 일했지만 노산 탓인지 건망증이 심하고 집중력이 떨어졌다. 회의시간에 기발한 아이디어를 내놓기는커녕 졸음을 참느라 애썼고, 예전과 달리 커피는 각성 효과가 없고 속쓰림만 유발했다. 그렇다고 담배를 커피의 대용이나 해결책으로 생각하고 접근한 건 아니었다.

다시 담배를 피우기 시작한 건 우연에 가까웠다. 새벽에 깬 아이를 토닥여 눕히고 나니 잠들기에도 씻고 출근 준비를 하기에도 애매한 시각이었다. 그녀는 쌀을 씻어 밥을 안치고 아이의 이유식 재료를 준비했다. 감자칼이 보이지 않아 싱크대 서랍을 뒤지는데 안쪽에서 담뱃갑이 만져졌다. 임신 확인과 동시에 다 버렸다고 생각했는데 엉뚱한 곳에 남아 있었다. 케이스 안에는 라이터와 다섯 개비의 담배가 들어 있었다. 담배를 보자마자 흡연 욕구가 불같이 일어난 건 아니었다. 아이 때문에 끊긴 했지만 그 뒤로는 냄새만 맡아도 속이 안 좋아서 다시 피울 일이 없을 거라고 생각했다. 그런데도 식탁 위에 놓인 담뱃갑을 내려다보다가 꺼내 물고 불을 붙인 건 호기심 때문이었다. 이제는 담배가 맞지 않는다는 확신을 얻고 싶었고 그 이면에는 담배를 마음대로 피우던 시절과 그때의 자신에 대한 그리움이 깔려 있었다. 두 개의 마음 중 무엇의 힘이 더 셌다고 말하긴 곤란했다. 담배를 영영 피우고 싶지 않은 마음과 담배를 피우면서 예전의 자신을 느껴보고 싶은 심정이 공존했다. 유혹이란 한 방향에서 강력하게 끌어당길 때 생기는 것 같지만 양쪽의 감정이 줄다리기를 하는 상황에서도 발생했다.

그녀는 아이의 이유식을 만들기 위해 다져놓은 쇠고기와 작게 썰어놓은 당근, 양파가 놓인 식탁에 앉아 연기를 깊이 빨아들였다. 빈속으로 담배 연기가 가라앉는 느낌이 생생했고 머리가 핑 돌며 어지러웠다. 그녀는 식탁 의자에 등을 기댔다. 그러나 속이 뒤집히거나 구역질이 나지는 않았다. 기분 좋은 나른함이 어깨를 지그시 눌렀다.

창밖으로 희부옇게 아침이 밝아왔다. 그녀는 천천히 담배를 피우며 어지러운 기분을 즐겼다. 뜻하지 않게 지난날의 어느 한 페이지를 펼친 것 같고 그걸 읽는 동안 얼마쯤은 예전의 자신으로 돌아간 듯한 기분이었다. 물론 담배를 다 피운 다음에는 냄새를 지우기 위해 창문을 열고 탈취제를 뿌리느라 분주했지만 그날은 하루

종일 가벼운 흥분상태로 지냈다.

다시 담배를 꺼내서 피우기까지 며칠이 흘렀다. 그녀
는 가끔 그 새벽과 그 순간의 충동적인 행동에 대해 후
회했다. 계속 담배를 피우지 않았다면 좋았을 거라고,
그때 너무 경솔했고 철없이 기분에만 취해 있었다고 자
책했다. 그러나 예전처럼 많이 피우는 게 아니라면, 인
생에 이런 작은 틈 정도는 있어도 괜찮지 않나, 그게 인
간적인 거라고 합리화했다.

그 뒤로 담배는 출근한 뒤에 밖에서만 피웠고 집에
오면 완전히 잊었다. 퇴근해서 아이와 저녁을 먹고 놀
고 재우고 난 다음이면 딱 한 대 생각이 간절했으나 다
음날을 기약하며 침대에 누웠다. 그녀는 출근길에 카페
나 회사 근처에서 한 개비, 점심시간과 근무 중에 세 개
비, 퇴근하는 길에 한 개비를 피웠다. 그 정도면 건강을
크게 해치지 않고(물론 해쳐도 어쩔 수 없다고 생각했다) 가
족들이 눈치채지 못할 것 같았다.

몇 년 동안 비교적 그 룰을 잘 지키며 직장생활을 했
고 워킹맘의 삶과 흡연을 병행했다. 남편이나 아이를
봐주는 친정엄마 모두 알아채지 못했고 이틀의 주말 동

안 담배를 피우지 않을 때는 그녀조차 자신이 흡연자라는 걸 잊었다. 물론 몰래 한 대 피우고 싶다는 생각에 틈틈이 사로잡혔지만 월요일은 언제나 빠르고 급하게 당도했으므로 실수는 하지 않았다.

문제는 그녀가 회사를 그만두고 집에 있게 되면서부터였다. 유치원에 다닐 때부터 주의가 산만하고 가끔 과격한 행동을 해서 사람들을 놀라게 했던 민규는 초등학교에 입학한 뒤에는 상태가 더 안 좋아졌다. 학부모 면담 때 담임은 조심스럽게 ADHD에 대한 얘기를 꺼냈다. 남자애들에게 많이 나타나는 증상이고 조기에 치료하면 좋아진다고, 민규가 학습 능력이 많이 떨어지고 학교에서 이런 저런 돌발행동을 하는 게 아무래도 그 때문인 것 같다고 말했다. 그녀 또래로 보이는 담임의 말투는 차분했지만, 그녀는 민규가 손으로 제 머리와 뺨과 입을 마구 때리는 모습이 떠올라 머릿속이 복잡했다. 체육시간에 아이들과 어울리지 못하고 혼자 운동장 주변을 맴도는 아이. 수업 중에 노트를 북북 찢고 자리에서 불쑥불쑥 일어나는 아이. 아이의 모습은 눈물이 되어 한 방울씩 가슴속으로 떨어져내렸다. 담임이

틈

과장한다거나 나쁜 감정을 갖고 있다는 인상은 받지 않았다. 그녀는 상담 내내 죄인처럼 고개를 숙인 채 앉아 있었다. 아이의 상태에 대해 제대로 몰랐다거나 다 알고 있었다는 말 모두 면죄부가 되지 않았다. 교무실에서 나와 운동장을 걸어가는 동안 가방 안의 담배를 찾아 손에 꼭 쥐었다.

때를 맞춘 듯 친정엄마도 몸이 안 좋아서 방과 후에 아이 봐줄 사람을 구해야 하는 상황이었다. 아이를 생각하면 그녀가 일을 그만두고 돌보는 게 맞고 경제적인 상황을 고려하면 좋은 사람을 구해 치료를 받으면서 나아지길 바라는 쪽이 맞았다. 가장 이상적인 건 그녀가 육아휴직을 낸 뒤 민규가 좋아지면 복직하는 거지만 회사 사정을 고려했을 때 다시 돌아가기는 어려울 것 같았다. 휴대전화 배경 화면 속의 민규는 공원의 풀밭 위에서 환하게 웃고 있었다. 어떤 식으로든 결단을 내려야 했다. 고민은 선택의 형태를 띠고 있지만 내용은 맞벌이하느라 상대적으로 육아에 소홀했던 엄마의 속죄에 가까웠고 그런 측면에서 접근하자면 답은 정해져 있었다.

퇴근해서 돌아온 남편은 남자애가 그럴 수도 있지,

선생이 너무 예민한 거 아니냐고 했다. 말은 그렇게 하면서도 잠든 아이의 방에 들어가 오랫동안 나오지 않았다. 며칠 뒤 그녀가 사직서를 제출했을 때 사장은 그동안 수고했다고, 아이를 잘 돌보라고 했을 뿐 붙잡지는 않았다. 십 년 넘게 일한 곳인데 퇴직은 한순간이었다.

거기까지 얘기하고 나서 민규 엄마는 갈증이 나는 듯 식혜를 한 모금 마셨다.

"그래도 언니 덕에 민규가 많이 좋아졌잖아. 지금은 공부도 잘하고 얼마나 의젓해."

윤서 엄마가 손가방 안에서 밀폐 용기를 꺼냈다. 뚜껑을 열자 달달한 딸기 냄새가 훅 끼쳤다. 좀 드세요, 윤서 엄마가 딸기를 앞으로 내밀었다. 여자는 머뭇거리다 하나 집어먹었다. 달고 싱싱한 것 같은데 아무 맛도 느껴지지 않았다. 민규 엄마는 물끄러미 내려다볼 뿐 딸기에 손도 대지 않았다. 눈이 촉촉해진 것 같기도 하고 입술이 떨리는 듯 보이기도 했다.

여자는 조용히 민규 엄마의 다음 얘기를 기다렸다. 그렇지만 그녀가 뒷얘기를 하거나 하지 않아도 상관없다는 마음이었다. 다만 민규 엄마를 알고 지낸 몇 년의

톰

시간보다 이야기를 듣던 이삼십 여분 동안 그녀에 대해 더 많이 알게 된 기분이었다. 누군가에 대해 알게 되는 건 길이가 아니라 깊이라는 걸 시간이 아니라 순간이라는 걸 절감했다. 민규 엄마가 다시 입을 열었을 때 여자는 안도했고 좀 더 다가앉았다.

회사를 그만둔 뒤 그녀는 한동안 민규를 학교에 데려다주고 집에 데려왔다. 방과 후에는 병원에 가고 심리 상담센터에 다니느라 정신이 없었다. 집에 오면 한 대 피우지 않고서는 견디기 힘들었다. 아이가 학교에 갔을 때 가끔 베란다에 나가 한 대씩 피웠다.

그 무렵 남편에게 담배 피우는 것을 처음 들켰다. 민규를 학교에 보내고 집 안 청소를 한 다음 베란다 창문 앞에 쪼그리고 앉아 한 대 피우던 중이었다. 번호 키를 누르는 소리가 나서 설마, 하며 담배를 비벼 껐다. 현관문이 열리는 소리가 났을 때는 서둘러 팔을 저었지만 냄새는 어떻게 해볼 수 없었다. 남편은 외부 미팅이 취소돼서 같이 점심이나 먹을까 하고 집에 들른 길이었다. 그는 베란다에 황망하게 서 있는 그녀를 보았고 이상한 낌새를 눈치챘다. 베란다 문을 여는 순간 확 끼쳐

오는 담배 냄새를 맡았고 그녀를 놀래주려던 계획은 담뱃재처럼 사방에 흩어졌다.

"너 미쳤어? 뭐하는 거야?"

그의 첫마디는 묵직하고 날카로웠다. 아직 아이가 치료 중이었으므로 그녀는 미쳤냐는 그의 말을 이해했다. 입장을 바꿔 자신이 이 장면을 목격했다고 해도 불쾌했을 것이다. 속이고 숨어서 피웠다는 사실에 배신감을 느낄 수 있는 상황이었다.

소파에 앉아 숨을 몰아쉬는 남편의 얼굴이 울긋불긋했다.

"지금 애 상태가 어떤지 알면서. 애를 다 망칠 생각이야? 당장 끊어."

그의 목소리는 끓어 넘치기 직전의 물처럼 부글거렸다. 그녀는 베란다에 서 있었고 그는 계속 말로 그녀를 공격했다.

"언제부터야? 그걸 못 끊어서 다시 피워? 민규가 알면 어쩌려고 그래."

그가 목격한 게 흡연 장면이 아니라 다른 남자와 섹스를 하는 상황이나 범죄 현장이라도 되는 것 같았다.

남편은 그녀가 다시 담배를 피우는 건 자제력이 약하고 엄마로서의 책임감이 없어서라고 몰아붙였다. 그 말들은 날카롭고 뾰족해서 그녀는 계속 긁히고 찔리고 베였다. 왜 다시 피우게 됐냐고 차분하게 물었다면, 미안하다고, 시간을 주면 끊어보겠다고 말했을 것이다. 그러나 그는 화가 많이 났고 마음이 급했고 그녀의 대답 같은 건 들을 생각이 없었다. 그래서 그녀는 아무 말도 하지 않았고 미안함 마음도 점차 사라졌다.

남편이 현관문을 닫고 나간 뒤, 그가 뱉은 말들이 바닥으로 내려앉은 다음에야 그녀는 베란다에서 나왔다. 그 뒤로 몇 주 가까이 대화는커녕 서로의 눈도 쳐다보지도 않은 채 냉랭하게 지냈다. 껄끄럽고 거슬리지만 이렇게 살 수도 있겠구나,라고 체념할 무렵 민규의 생일이 다가왔다. 아이는 처음으로 가족 여행을 가고 싶다고 했고 친구들을 초대해 파티도 열고 싶다고 했다. 그걸 준비하느라 두 사람은 마지못해 말을 섞었고 민규의 생일을 치렀다. 그런 다음에는 일상적인 대화를 나누며 아무 일 없었던 것처럼 살았다. 정말 괜찮아진 게 아니라 그 페이지를 단단히 접어둔 뒤에야 다른 부분이 괜찮아질

수 있었다. 그게 이 년 전이었다. 그때는 금연에 자주 도
전했지만 번번이 실패했다. 자발적인 의지가 아니라 고
비를 만날 때마다 마음 깊은 곳에서 내가 왜 끊어야 돼?
왜 이것까지 끊어야 돼,라는 반발이 일어나 어쩔 수 없
었다. 그녀는 작은 유혹에도 쉽게 투항해버렸다.

그녀는 좀 더 깊숙이 숨어서 은밀하게 담배를 피웠
다. 머리와 손에 배는 냄새를 단속했고 가방이나 옷에
담배를 넣어두지 않았다. 최선을 다해 금연을 연기했
다. 주말과 연휴에는 한 대도 피우지 않았고 온전히 혼
자일 때만, 혼자라는 것이 확실할 때만 조심스럽게 담
배를 꺼냈다. 집에서 남편이 가장 무관심한 곳이 주방
이었으므로 양념통이나 그릇 안에 담배를 숨겼다. 한곳
에 일주일 이상 두지 않고 계속 옮겼다. 어쩔 때는 그녀
조차 담배를 찾지 못하고 허둥댔다.

두 사람은 약속이나 한 듯 담배에 대한 얘기를 꺼내
지 않았다. 그것이 결혼 생활을 유지할 수 있는 길이라
고 생각했다. 말하진 않지만 들키지 않고 알아채지 않
고 외부에 새나가지 않고 그것으로 인해 문제가 생기지
않기를 바랄 뿐이었다.

틈

딱 한 번 술김에 남편이 금연을 권유한 적은 있었다. 민규의 상태가 많이 좋아져서 세 사람이 모처럼 주말 여행을 떠난 밤이었다. 민규를 재우고 술을 마신 그녀와 남편은 오랜만에 실생활이나 아이에 관련된 얘기가 아니라 자신들에 대한 얘기를 화제에 올렸다. 연애할 때 그랬지, 신혼 초에 이랬잖아. 그때의 일을 떠올리자니 전생의 기억을 더듬는 듯 아득했다.

"언제더라. 우산을 같이 쓰고 한 대 남은 담배를 나눠 피운 적이 있었지."

남편이 그녀의 머릿속에 꽤 낭만적인 기억으로 남아 있는 한 페이지를 펼쳤다. 그녀는 얘기를 들으며 수목원으로 놀러갔던 1박 2일의 시간을 잠깐 떠올렸다.

그녀와 남편은 대학원에서 만난 사이였다. 둘 다 다른 대학 출신이었고 흡연자라서 쉬는 시간에, 점심을 먹은 뒤 구석에서 같이 담배를 피우다 가까워졌다. 그는 하루에 한 갑 이상 피우는 헤비 스모커였고 박하향이 나는 멘솔을 즐겨 피웠다. 같이 공부하던 사람들끼리 즉흥적으로 떠난 여행에서 두 사람은 많은 얘기를 나눴고 자주 눈을 맞췄다.

"담배 피우는 여자 싫어하는데…… 자꾸 네 생각이 나더라."

남편은 자기 마음을 그렇게 표현했고 그녀는 그냥 네가 생각난다는 말보다 그 고백이 더 듣기 좋았다. 자신이, 자신을 좋아하는 마음이 그의 어떤 부분을 변화시켰다는 생각에 고무되었던 것이다. 그녀는 그 말에 취했고 근사한 선물을 받은 기분이었다.

모두 깊이 잠든 새벽에 안개비가 흩날렸고 두 사람은 일행들 몰래 숙소에서 빠져나와 젖은 나무 냄새가 자욱한 길을 오래 걸었다. 이미 가까웠지만 차갑고 달콤한 공기와 간밤에 나눈 이야기 속에서 두 사람은 서로에 대해 거의 확신하게 되었다. 그가 주머니에서 담뱃갑을 꺼낸 다음 그 안에 든 마지막 담배를 건넸을 때 그녀는 소리 내어 웃었다. 이걸 나한테 주겠다고? 자신이 했던 말은 정확하지 않지만 그런 의미였고, 그가 했던 말은 표정과 억양까지 또렷하게 기억났다.

"당연하지."

지금껏 단 한 번도 그래본 적이 없다며, 대단한 양보를 한다는 듯 뿌듯한 표정을 지었다. 그 한 개비의 담배를 사이좋게 나누어 피우는 동안 숙취와 불면과 피로감을 완전히 잊었다. 상대의 입술 사이에서 필터가 축축해진 담배가 넘어올 때마다 그녀는 키스를 하는 듯한 에로틱한 기분에 빠졌고 그건 점차 동지애로 번져나갔다. 그 담배를 비벼 끈 뒤 그들은 약속이나 한 듯 자신의 가장 안쪽 서랍에 들어 있는 일기장을 꺼내 상대에게 보어주었다. 너라면 마음껏 읽어도 좋아. 어떤 사랑 고백은 너의 여기가, 이런 면이 좋다고 말하는 게 아니라 이 상처와 치부를 너에게는 보여줄 수 있다는 용기에서 시작된다. 그 장면과 순간이 없었더라면 두 사람은 서로를 결혼상대로 생각하지 않았을 것이다. 둘 다 결혼 자체에 대해 회의적이었으므로, 네가 아니었으면 결혼하지 않았을 거야,라는 말은 몇 년 동안 최고의 찬사처럼 사용되었다.

그는 그날에 대해 얘기한 뒤 덧붙였다.

"네가 담배 피우는 거 자체를 반대하는 게 아니야. 내가 몰랐던 것도 아니고. 애 엄마만 아니면 네가 뭘 해도 상관없어. 그래도 민규를 생각하면…… 애한테 좋을 게 없잖아. 민규 생각해서 끊어라."

그의 목소리는 마지막 남은 담배를 건네거나 일기장을 꺼내 보여줄 때처럼 부드러웠다. 그 자리에서 그녀는 아무 말도 하지 않았다. 그래. 그게 모두를 위한 거라면 그래보자. 잠깐 그런 마음이 들었고 그런 심정을 모아 고개를 끄덕거렸던 것 같다. 그러나 자신이 좋아하는 장면이 훼손되었다는 기분을 지울 수 없었다. 돌려 말하지 말고 그냥 금연에 대해 얘기하는 편이 나았다고, 상황도 변했지만 진짜 변한 건 내가 아니라 너라고 말해주고 싶었다. 원래 변절자가 더 냉정하고 가차없는 법이지. 민규도 이만큼 컸는데 좀 피우면 어떠냐, 반발심이 속에서 고개를 세차게 저었다. 나를 위해서 하는 게 뭐가 있다고? 턱을 치켜든 채 쏘아붙이고 싶었으나 술 취해서 그러는 거냐는 말을 듣기 싫었고 모처럼의 밤과 여행을 망가뜨리고 싶지 않았다.

남편이 금연을 시작한 건 그녀와 비슷한 시기였다. 석사를 마친 뒤 취직해서 일하느라 둘 다 결혼이 늦었고 민규를 가진 것도 마흔이 넘어서였다. 나이 때문에 걱정하던 남편은 아이가 생기자마자 담배를 끊었다. 주저함이나 망설임이 없었고 신기할 정도로 금단현상도

톰   83

나타나지 않았다. 흡연량과 흡연 기간, 습관, 그동안 한 번도 금연을 시도하지 않은 애연가였다는 점을 고려하면 놀랄 만했다. 그조차도 말끔한 결별에 어리둥절해했다. 금연에 성공한 뒤 그는 금연 전도사가 되었다.

"두통도 사라지고 목도 깨끗해지고 삶의 질이 완전히 달라졌어."

그의 얼굴에는 천진한 기쁨이 넘쳤다. 끊어야지, 끊어야지 하면서도 실패하는 주변 사람들에게 자신의 노하우를 상세하고 친절하게 알려준 뒤 집에 와서는 의지가 없어서 실패하는 거라고 욕했다. 그녀가 자신과 한편이라고 굳게 믿는 듯했다. 그녀는 남편의 이중적인 모습도 싫었지만 다시 담배를 피우게 된 뒤로는 그 모든 험담이 자신을 겨냥하는 것 같아 곤혹스러웠다.

가족여행을 다녀온 뒤로 그녀는 사우나 흡연실이라는 새로운 장소를 발견했다. 어릴 때부터 때 목욕을 좋아했는데 사십대 이후로는 땀 흘리는 재미를 알게 되어 찜질방에도 자주 들렀다. 수건으로 머리와 얼굴을 가리고 앉아 있다 보면 온몸에서 찬찬히 땀이 배어났고 땀을 흘린 뒤에는 몸이 가볍고 개운해졌다. 그녀는 특히 땀이 흘러내리기 시작하는 순간을 좋아했다.

찜질방에 앉아 있으면 사람들이 흘리는 다양한 얘기도 들을 수 있었다. 어떤 사람들은 땀 흘리는 것보다 지저분한 얘기를 주고받는 일에 관심이 더 많았다. 동창이나 친척의 남편, 시어머니, 친구 아들, 친구 딸에 대한 자랑과 험담은 가장 흔한 소재였다. 중간 중간에 누군가 105동 여자 알지? 110동 반장 말이야, 하고 미끼를 던지면 동네 여자들은 살진 잉어들처럼 달려들었고 요리조리 물어뜯었다. 그것이 진실인지 루머인지의 여부보다 먹음직스러운가, 뜯어 먹을 게 많은가가 더 중요했다. 그런 얘기는 솔깃하고 흥미진진했지만 얘기의 현실성보다 말하는 사람의 욕망만 덕지덕지 들러붙어서 찐득하게 흘러내렸다. 나무 태운 냄새와 훈기 속에서 땀을 흘리는 건 개운하고 스트레스 해소가 됐지만 가끔은 목욕만 하고 찜질방에 들어가지 않았다. 사람들이 빠질 때까지 기다렸다가 조용해지면 들어가 구석에 앉았다. 일부러 시간을 내서 땀을 흘리는 순간에는 현실과 거리를 두고 싶었다.

그녀는 모여앉아 수다를 떠는 동네 여자들보다 새벽

틈　　　　　　　　　　　　　　　　　　85

에 도매시장에서 물건을 떼어온 뒤 사우나에 들러 묵묵히 땀을 씻어내고 때를 밀고 배를 채운 뒤 코 골며 잠드는 여자들이 더 편했다. 누군가는 그런 여자들이 동네 목욕탕에 오는 게 거슬린다고 했지만 그녀의 눈에는 소문을 조장하고 퍼트리고 씹어대는 그들의 졸렬함이 더 지저분했다.

일하는 여자들은 대개 아침에 짐을 챙겨 떠났으나 가끔은 늦게 일어나 밥을 먹고 불한증막에서 땀을 뺐다. 웃고 떠드는 동네 여자들 틈에서 그녀들은 대체로 말이 없었으나 한번 입을 열면 걸걸한 목소리로 분위기를 휘어잡았다. 그녀들은 남의 얘기를 하지 않고 자신의 얘기만 했다. 그것이 동네 사람과 뜨내기의 차이라는 걸 알지만 그녀는 자기 얘기를 하는 쪽이 더 믿음직스러웠다. 몸을 쓰며 일하는 인생. 가족을 벌어먹이는 인생. 사람을 상대하는 인생에 대한 얘기가 열기와 함께 쏟아져나오면 한증막 안에는 침묵이 흘렀다.

불한증막에서 나가면 그녀들은 캔 맥주를 사가지고 냉방에 가거나 흡연실로 들어갔다. 주저하다 따라들어간 그녀에게 담배도 잘 내어주었다. 그녀는 몇 개비의 담배를 얻어 피운 뒤 답례로 식혜를 샀다. 머리에 냄새가 밸까봐, 윗집으로 연기가 올라갈까봐, 갑자기 누가 집에 들어올까봐 걱정하지 않고 느긋하게 피우고 나니 하루를 거뜬히 살아갈 힘이 생겼다. 며칠 뒤 집 청소를 하고 나서 샤워 캡을 쓰고 베란다 앞에 쪼그려 앉았다가 벌떡 일어나서 목욕용품을 챙겼다.

사우나에서 보내는 오전은 평화로웠다. 일 년 남짓 동안 목욕탕의 손님은 꾸준히 줄어들었지만 걱정할 정도는 아니었다. 사우나에 있다 보면 그녀는 이따금 여기가 아파트 앞 목욕탕이라는 사실을 잊곤 했다.

"땀 빼러 왔던 여자들이 흡연실에 드나드는 걸 봤을 거야. 누군가는 다른 사람에게 말을 전했을 거고."

소문나도 상관없다는 마음과 다른 사람이 어떻게 생각하는지는 중요하지 않지만 가족만 몰랐으면 좋겠다는 마음이 공존했다.

"너무 웃기지. 이런 날이 올 줄 알았으면서도…… 아무 일 없이 지나갔으면 좋겠다고 생각했어."

"그래서 언니 얼굴이 안 좋았구나."

윤서 엄마가 민규 엄마의 등을 쓸어내렸다.

"그동안 사우나에 와서 편하게 피운다고 하면서도 불안했던 것 같아. 민규한테 이해받지 못하면 계속 그렇겠지."

민규가 좀 더 크면 설명하고 양해를 구할 거라고 했다.

"좋아하지는 않아도 이해해줄 거라고 생각해."

아까와 달리 민규 엄마는 울지 않았다. 한숨을 내쉰 다음 남은 식혜를 흔들어 마셨다.

"갑자기 이런 얘기해서 미안해. ……그래도 털어놓으니까 후련하다."

민규 엄마가 여자의 손을 슬쩍 잡았다가 놓았다.

여자는 민규 엄마의 얘기가 불편하거나 부담스럽게 느껴지지 않는 게 이상했다. 평소 같으면 저 여자는 왜 이런 얘기를 털어놓나. 우리는 그다지 친하지 않고 나는 별로 알고 싶지 않은데,라고 생각했을 것이다. 그런데 나란히 앉아 얘기를 듣는 동안 흡연실에 앉아 담배를 피우는 민규 엄마를 보는 것과 민규 엄마에게 담배 피우는 얘기를 듣는 것이 얼마나 다른가 생각했다. 본질과 현상이 같은 거라고 해도 감정적인 면은 확실히 달랐다. 남녀를 불문하고 담배 피우는 사람을 좋아하지 않으면서도 얘기를 듣는 동안 여자는 감히 민규 엄마를 이해할 수 있다고 생각했다. 오랜만에 누군가를 향한 공감이 확장되었다. 그게 지속적으로 가능하지 않을지라도.

"나는 그냥 언니랑 이런 얘기를 한다는 거 자체가 좋아. 언니가 나를 친구로 생각한다는 거잖아. 안 그래요? 미호 엄마?"

윤서 엄마가 민규 엄마와 여자를 번갈아 쳐다봤다. 여자는 어색해하며 고개를 끄덕거렸다. 아파트나 학교에서 만난 사람들을 아이의 친구 엄마라고 생각했지 자신과 친구가 될 수 있는 사람들이라고 생각해본 적이 없었다. 그저 마주치는 게 불편하지 않고 같은 반이 되거나 어떤 모임에서 만나게 됐을 때 의견 충돌만 일으키지 않았으면 좋겠다고 바랄 정도로 기대치 자체가 낮았다.

"이런 얘기 하면서 누구 엄마, 누구 엄마, 하니까 이상하네. 나는 승진이에요. 김승진. 옛날 가수 이름이랑 똑같아서 남자애들이 '스잔'이라고 불렀어요. 언니. 스잔 알아요? 스잔, 찬바람이 부는데, 그 노래 있잖아요. 옛날에 참 많이 불렀는데."

윤서 엄마는 아직도 그 노래 가사를 다 외운다며 웃었다. 여자의 머릿속으로 눈이 작고 앳된 얼굴의 가수가 떠올랐다. 여자의 중학교 동창 중에도 승진이 있었다. 친하진 않았지만 그 중성적인 이름이 꽤 부러웠다. 아파트 현관이나 엘리베이터, 학교에서 마주치는 윤서 엄마는 수다스럽다는 인상과는 거리가 멀었다. 이유 없이 말을 붙여오지도 않고 쓸데없이 참견하는 일도 없었다. 가볍게 웃으며 인사를 나누는 게 다였다. 굳이 분류하자면 깍쟁이 쪽에 가까웠다. 그런데 그녀가 언니 언니하며 자기 얘기를 하고 오래된 유행가를 한 소절 불렀다. 누군가를 안다고 말할 때 때로 그 얇은 실체와 꽤 멀리 떨어져 있기도 하다. 여자는 문득 그녀들에게 자신이 어떤 사람이었을까 궁금해졌다.

이용금지 판정을 받은 뒤로 놀이터는 텅 비었다. 원래 아무도 찾지 않았거나 존재하지 않았던 것처럼 사람들은 무심하게 그 옆을 지나갔다. 아파트에서 유일하게 아이들이 소리 지르며 뛰어놀 수 있는 곳인데 제구실을 못하니 아이들마저 사라져버린 듯했다. 여자는 목욕탕 가는 길에, 빵집과 마트에 들를 때마다 붉은 테이프로 감아둔 놀이기구들을 쳐다보았다.

미호와 지유는 학교에서 돌아오면 놀이터는? 고쳤어? 하고 물었다. 아직, 그러니까 가면 안 된다고, 위험하다고 대답하면 아이들은 그럴 줄 알았다는 듯 어깨를 축 늘어뜨렸다.

"그럼 언제 고치는데?"

"고치긴 고치는 거야?"

"그렇게 금방 고칠 수 있는 게 아니야."

여자가 개보수나 업체 선정의 절차에 대해 간략하게 설명하자 아이들은 그럼 근처에 있는 다른 아파트의 놀이터에 가서 놀겠다고 했다.

"가도 되지?"

그럼. 고개를 끄덕거리고 나서, 같이 갈까?라고 묻자 친구들과 함께 갈 테니 걱정 말라고 했다. 손을 흔들며 나가는 미호와 지유의 뒷모습을 보며 여자도 손을 흔들었다.

이용금지 판정을 내린 이들과 고쳐야 하는 이들은 엄연히 다를 것이다. 그런데 그날 이후 아파트에서는 놀이터와 관련된 어떤 안내 방송이나 공고문도 내보내지 않았다. 상황 설명이나 약속 없이 놀이터는 며칠째 방치되었다. 사람들은 왜 가만히 있나. 저게 안 보이는 걸까. 아니 다른 사람이 문제가 아니라 나는 왜 가만히 있나. 미호와 지유가 있는데 왜 질문도 항의도 하지 않나. 그런 의문을 품으면서도 여자는 가만히 있었다. 그저 목욕탕에 가는 길에, 빵집과 마트에 갈 때마다 붉은 테이프로 막아둔 놀이터를 착잡한 심정으로 쳐다보았다.

　아무리 막으려 해도 놀이터를 보면 그날 은행 앞에서 목격한 장면이 자연스럽게 떠올랐다. 사소한 균열일 뿐이라고, 아직 눈에 띄지 않는 금이 간 것뿐이라고 생각하면서도 믿음이 깨졌다는 건 얼마나 큰일인가 싶어서 자꾸 주저앉았다. 뉴스에는 사고로 자식을 잃고, 살던 집이 사라지고, 돌연히 어떤 음모나 소송에 휘말리고, 길에서 모르는 사람에게 봉변을 당하고, 가족들이 원수가 된 사람들의 얘기가 매일 등장했다. 그때마다 여자는 받아들일 수 없는 죽음과 치욕, 아픔과 공포를 안고 사는 사람들에 대해 생각했다. 그들의 고통에 비해 자신에게 일어난 일은 견딜 만한 거라고 설득하려 애썼다. 세상은 너무 많은 고통과 슬픔으로 차 있어서, 팔이 잘리고 가슴이 패이고 목소리를 잃고 배가 고프고 목이 마른 사람들로 가득해서 이런 일 정도로 기운을 잃는 건 나약한 거라고 스스로를 타일렀다.

현관에서 만난 옆집 여자는 놀이터가 그렇게 됐는지도 몰랐다고 했다.

"그런데 요즘도 놀이터에서 노는 애들이 있어? 다들 바빠서 그럴 시간도 없잖아. 거기 밤마다 불량한 애들이 와서 담배 피우고 시끄럽게 한다고 말들이 많더라고."

그녀는 놀이터는 문제도 아니라고 했다. 그것 말고도 아파트에 문제가 얼마나 많아. 놀이터야 나중에 알아서 고칠 텐데 무슨 걱정이냐고 했다.

"그보다 난 주차 문제 때문에 머리가 아파 죽겠어. 타지도 않을 거면서 하루 종일 세워두는 인간들은 도대체 뭐야? 삐딱하게 세워서 대지도 못하고 빼지도 못하게 하는 인간들은 또 어떻고. 사람들이 왜 그렇게 이기적인지 모르겠어."

옆집 사람이 말하는 동안 여자는 주차 문제도 심각하지,라고 생각했다. 그런데 왜 놀이터는 아무것도 아닌가. 그것도 이것도 다 문제지. 그런데 왜 자신은 아무 말도 못하고 가만히 있었을까. 그것도 마음에 들지 않았다.

여자는 미호와 지유를 학교에 보낸 뒤 매일 목욕탕에 갔다. 때는 밀지 않았고 냉탕에 오래 머물렀다. 맨몸으로 물속에서 움직이는 데 몰두했다. 춥다고 느껴지면 열탕이나 사우나에 들어가 몸을 덥혔다. 땀이 나면 다시 차가운 물속에서 걷거나 오래 잠수했다.

오전의 목욕탕은 대체로 한산했다. 목욕하던 이들이 목욕용품을 챙겨 나간 뒤 여자 혼자 탕에 남은 적도 여러 번이었다. 아무도 없는 목욕탕에서 여자는 빈 의자나 물에 불은 비누인 듯 입을 다물었으나 가끔 아, 하고 습기 많은 탕 안에 자신의 목소리가 울리는 걸 들었다.

물속에 몸을 담근 채 앉아서 주위를 둘러보면 시간도 계절도 나이도 실감나지 않았다. 세계는 작은 탕으로 축소되고 시간은 체온을 높이거나 낮출 때만 흐르는 것 같았다. 비현실적인 시공간의 어떤 틈에 앉아 있는 기분이었다. 문을 열고 나가 계단만 올라가면 찜질복을 입은 사람들이 텔레비전 앞에 모여앉아 드라마를 보고 땀을 흘리며 수다를 떨었다. 그게 바로 지척인데 이곳은 세상에서 살짝 비껴나 있는 듯 고요했다. 그래서 문득 외롭기도 했고 그게 한적한 오전의 목욕탕에 오는 이유기도 했다.

놀라움이나 충격이 증오가 되는 데는 시간이 오래 걸리지 않았다. 바로 다음 순간 증오가 마음 전체에 옮겨 붙었다 해도 좋을 정도로 미움의 화력은 강력했다. 그에 비해 증오가 식어 무감해지기까지는 많은 시간과 노력이 필요했다. 여자가 냉탕에 오래 머무는 이유기도 했다. 불덩이를 삼킨 것처럼 뜨거운 몸의 열이 매일 조금씩, 천천히 내리고 물속에서 좀 더 오래 숨을 참을 수 있게 되길 바랐다.

승진, 정희와는 매일 봤다. 시간 약속을 하지 않았는데도 열한 시 무렵 홀에서 만나 같이 음료수를 마셨다. 윤서 엄마가 승진이 된 뒤 민규 엄마는 윤정희가 되고 여자는 정윤주가 되었다. 쑥스러워하며 이름을 말하고 난 뒤 바로 이름으로 부르지는 않았지만 누구 엄마라는

틈

호칭은 떼어냈다.

승진은 불한증막에서 땀을 빼다 와서 얼굴이 붉고 빤질빤질했다. 정희는 책을 가져와서 읽다가 흡연실에 들어가 담배도 피우고 소금 사우나에서 눈도 붙이고 나왔다. 목욕탕에서 나와 머리가 푹 젖은 건 여자뿐이었다. 승진은 간식으로 삶은 달걀을 가져오기도 하고 과일이나 고구마를 싸오기도 했다. 세 사람은 삼각형의 꼭짓점처럼 모여앉아 그걸 천천히 까먹었다. 주로 승진이 얘기하고 두 사람은 듣거나 자기 의견을 보탰다. 아이 교육과 돈에 관련된 대화가 오가지 않아 좋았고 겸손이나 걱정을 가장한 자랑이나 은근한 과시가 없어 편했다. 예전에는 어디에서 살았는지, 뭘 좋아했는지, 어떻게 살고 싶었는지, 지금은 거기에서 얼마나 멀어졌는지. 그 영화를 봤는지. 그 장면을, 그때 흐르던 음악을 기억하는지. 돌아갈 수 있다면 언제로 가고 싶은지 여전히 무엇이 남아 있는지, 그런 얘기를 하면서 종종 꿈꾸는 듯한 표정이 되었고 상대의 말에 자주 감탄했다. 동네 여자들과 아파트나 아이 얘기를 하지 않으면서 대화를 나눌 수 있다는 게 경이로웠다. 이런 질문과 답을 주고받는 게 얼마 만일까, 생각하며 여자는 모처럼 두 근거렸다.

문득 이 자리가, 둘러앉아 있는 이 모임이 애들 친구 엄마들의 만남이나 친목 도모 계모임이 아니라 대학 때 동아리방에 모여 앉아 술을 홀짝이던 여자 친구들의 모임 같았다. 그때는 아무도 진실게임을 하자고 말한 적 없지만 모여 앉아 술만 마시면 고백의 장이 펼쳐지곤 했다. 처음에는 흥미진진했고 익숙해진 다음에는 정겹 다가 나중에는 지겨워졌다. 1, 2학년 때는 하루가 멀다 하고 열심히 모이다가 3, 4학년이 되면서 다양한 이유 로 멤버가 줄고 모임의 간격이 벌어졌다. 그때는 그 모 임에서 빠져나와야 애인이 생길 것 같고 학점이 오를 것 같고 술 때문에 찐 살이 빠질 것 같았다. 그래서 의 도적으로 동아리방이나 멤버들을 멀리한 적도 있었다. 그런데 졸업 후 가장 생각나고 그리운 게 바로 그녀들 과 함께 보낸 시간이었다. 부끄러움이나 뒷말을 걱정하 지 않고 취기에 들떠서 다투듯 자신을 드러내던 이십대 초반의 여자들. 그다지 도움이 되지 않는 위로를 건넨 뒤 울고 웃던 그 자리. 나이가 들수록 여자는 그 시절을

그리워했고 앞으로 타인들과 그런 교감을 나누는 순간
은 오지 않을 거라 낙담했다.

세 사람은 제각각 목욕탕에 온 다음 각자의 방식대로
오전 시간을 보냈다. 대화가 끝나면 정희는 여탕에 들
어가 샤워로 마무리하고 여자는 머리를 대충 말린 뒤
집으로 돌아갔다. 오래전부터 이들과 함께 여기에서 오
진의 어가를 공유해온 것처럼 만나고 헤어지는 게 익숙
했다.

학교에서 돌아온 미호와 지유는 여자의 머리끝이 젖
어 있는 걸 보고 의아해했다.

"엄마 어디 갈 거야?"

지유가 머리카락을 만지며 묻자, 화장을 안 했잖아,
그럼 안 나가는 거야. 미호가 어른스럽게 대꾸했다. 열
살 여덟 살이 되었는데도 아이들은 엄마가 저희만 두고
나갈까봐 예민하게 반응했다.

"어디 안 가. 집에 있을 거야."

여자의 말에 지유가 그으래? 말을 길게 늘이며 웃었
다. 두 아이가 여자의 오른쪽과 왼쪽에 와서 섰다. 젖은

머리칼을 땋기도 하고 끈으로 묶기도 하며 만지작거렸다. 목덜미를 손가락으로 콕콕 찌른 뒤 어느 손가락이게? 물어도 보고 엄마, 흰머리 있다, 뽑을까? 아니야, 그러면 대머리 되니까 내가 염색해줄게. 그럼 나는 어깨 주물러줄 거야, 나도, 나도, 하며 난데없이 안마 경쟁에 나서기도 했다.

그날 이후로 며칠 동안 여자는 가족들에게 소홀했다. 의욕이 없어서 아이들의 반찬과 간식도 제대로 만들지 못했고 옷이나 머리도 살뜰하게 챙기지 못했다. 끌어안고 따뜻한 말을 건네지 못했고 조잘대는 말도 들어주지 못했다. 집에 있었지만 아이들에게는 다른 데 가 있는 거나 마찬가지였다. 부모에게 문제가 생기면 가장 가여운 게 아이들이다.

여자는 컵에 우유를 따르면서 두 딸의 얼굴을 바라봤다. 두 아이의 얼굴 속에 자신의 모습이 있었다. 미호는 눈을, 지유는 입과 턱을 닮았다. 이 애도 저 애도 내가 아니지만 미호 속에도 지유 속에도 자신이 있었다. 자식이 귀하고 안쓰럽고 견디기 힘든 건 그 때문일 것이다. 오늘 학교에서 말이야, 엄마, 나는 오늘, 하며 말문

을 연 아이들은 컵을 받더니 짠, 하고 건배했다. 우유를
한 모금 마신 뒤에는 캬 하며 서로를 쳐다보고 깔깔거
렸다.

"우리 쿠키 만들까?"

여자의 말에 아이들의 입이 크게 벌어졌다.

"좋아. 나는 머핀."

아이들이 팔을 걷어붙이고 식탁으로 모였다. 평소와
같이 웃고 떠들어서 여자는 비로소 안도했다.

오후에 쿠키와 머핀을 잔뜩 만들어 먹고 논 아이들은
저녁에는 청소를 하겠다며 수선을 떨었다. 거실과 욕실
을 오가며 물바다를 만든 뒤 목욕으로 마무리한 다음에
야 곯아떨어졌다. 여자는 집을 대충 치워놓은 뒤 식탁
에 앉았다. 자정이 가까운 시각이었다. 커피를 마시자
니 잠들지 못할 것 같고 냉동실의 문을 열자니 목욕탕
거울에 비친 둥그렇고 살집이 두둑한 몸이 떠올랐다.
수영장에 가지 않는 건 시간을 내기 어려워서가 아니
라 수영복을 입고 사람들 앞에 서는 게 두려워서였다.

여자는 접시에 담긴 쿠키를 내려다보았다. 낮에는 목
욕탕에 가기 때문에 식탁에 앉아 빵을 먹는 일이 거의

없다. 문제는 언제나 밤이었다. 남편이 집에 들어와도 들어오지 않아도 신경이 곤두섰다. 낮 동안엔 아이들과 지내며 어떻게든 버텨내지만 밤이 되면 속이 헛헛해져서 기운도 의욕도 없었다. 여자는 그걸 종종 허기로 착각했다. 아이스크림통을 꺼내지 않으려고 노력했지만 절반쯤은 실패했고 가끔은 아이스크림을 먹은 후에도 자포자기한 심정으로 감자 칩을 꺼내 씹기도 했다.

냉장고를 힐끔거리고 있는데 도어록이 해제되면서 현관문이 열렸다. 앞머리가 땀에 젖어 이마에 달라붙은 남편이 들어왔다.

"오늘은 운동하고 씻지도 못했네."

그는 겉옷과 양말을 벗은 뒤 물을 한 잔 마셨다.

"샤워실 배관 공사를 하는데 언제 끝날지 모르겠대."

미리 공지를 안 했다고 젊은 여자가 안내데스크에 와서 소리를 지르는 바람에 좀 시끄러웠다며 고개를 몇 번 저었다. 그 사람들도 일하는 사람들인데 서로 좀 이해해주고 넘어가면 좋은데. 나중에 미호랑 지유는 너그러웠으면 좋겠다. 그는 목이 마른 듯 빈 컵을 다시 입에 댔다. 그가 일상적인 얘기를 하는 동안 여자는 뭔가 물

톰   101

어볼까, 아예 의미심장한 얘기를 던져볼까, 언제쯤 그런 얘기를 꺼내는 게 좋을까 생각했다. 그게 아니라면 묻어두어야 하나. 못 본 척 모르는 척 아무 일 없는 척. 어느 쪽을 원하느냐고 욕실로 들어가는 뒷모습에게 묻고 싶었다.

욕실 문이 닫히고 샤워기를 트는 소리가 났다. 자정이 넘어 조용한 집에 물소리와 남편이 흥얼거리는 콧노래 소리만 울렸다. 남편이 샤워하는 동안 여자는 쿠키를 입에 넣고 기계적으로 씹었다. 맛을 모르겠다고 생각하면서도 왜 손과 입을 멈추지 않는지, 이 허기는 어디에서 오는지 의문이었다.

샤워를 하고 나온 남편은 타월로 물기를 닦으며 콧노래를 계속 흥얼거렸다. 그는 정말로 살이 좀 빠지고 몸이 탄탄해진 것 같았다.

"좋아 보이네."

운동하는 게 재미있느냐고 묻자, 힘든데 좋아, 진작 할걸 그랬나봐, 하며 웃었다. 그는 러닝셔츠 차림으로 몇 개의 동작을 선보였다. 과장과 과시가 섞인 몸짓을 보며 여자는 진짜 사는 게 재미있는가보다, 생각했다.

여자는 어느 순간 그의 운동과 연애를 같은 의미로 받아들였다. 여자의 냉랭함을 눈치채지 못할 정도로 그는 단단히 빠져 있었다. 여자는 남편이 애들 방에 가서 자는 모습을 보고 나올 때까지, 그가 침실에 들어가 코를 골며 잠들 때까지 식탁에 앉아 있었다.

멍하니 어둑한 거실만 바라보다가 여자는 갑자기 일어나서 남편의 휴대폰을 식탁으로 가져왔다. 통화내역이나 메시지를 남겨놓았을 리 없지만 박 과장의 번호나 흔적을 찾아내고 싶었다. 그걸 알아낸다고 그 여자에게 전화해서 무언가를 물어보고 욕을 퍼붓거나 만나자고 할 것도 아니면서 갑자기 궁금해서 견딜 수 없었다. 남편의 휴대폰은 새로운 암호로 잠겨 있었다. 여자는 몇 개의 생일을 눌러보다가 말았다. 자신이 바뀐 암호를 영원히 알아낼 수 없을 거라는 걸 알았다. 반드시 찾아내서 전화를 걸고 저주를 퍼붓고 만나서 드잡이를 하고 싶은 마음과 그러지 못할 거고 상대에게 그러는 게 아무 의미가 없다는 걸 아는 마음이 부딪쳤다.

여자는 휴대폰의 암호에 매달리는 대신, 자는 남편을 깨워 닦달하거나 주변 사람에게 캐묻는 대신 그의

틈

방에 들어가 책장을 뒤졌다. 여전히 비상금은 보이지 않았고 시집 안에는 건강검진 결과통보서 대신 영화표가 한 장 꽂혀 있었다. 최근에 개봉한 영화의 표였고 차에 탄 두 사람을 본 날짜가 찍혀 있었다. 붉은 색연필의 밑줄은 저녁 타임에 그어져 있었다. 그 시간에 여자는 저녁을 먹으려고 아이들과 식탁에 앉았다. 반찬거리를 사오지 않아 냉장고에 있는 재료로 엉성한 오므라이스를 만들었고 아이들이 먹는 동안 종종 멍한 상태에 빠졌다. 늦게까지 만화를 보는데도 내버려두었고 숙제나 알림장도 확인하지 못했다. 여자는 영화표를 찢지 않고 시집을 넘기며 읽다가 사랑이나 키스, 애인, 연애라는 시어가 눈에 띄면 그 페이지를 길게 찢었다. 사랑이, 꽃잎이, 당신이, 그리움이, 목덜미가 여러 갈래로 나뉘어 알아볼 수 없게 되었다. 찢은 것은 책에 그대로 끼워두었다.

영화표를 쥐었던 손이 붉고 뜨거웠다. 젖은 수건 한 장 없이 맨몸으로 건식 사우나 구석에 서 있는 것 같았다. 바닥에 세워놓은 모래시계의 시간은 얄궂다. 누가 뒤집든 모래는 균일하게 떨어지고 시간은 평등하게 흘러간다. 몸이 차가워서 견딜 만할 때나 사우나에 오래 머물러 체온이 상승했을 때에도 모래는 편의를 봐주는 법이 없고 정상참작도 하지 않는다. 모래는 사람의 행복이나 고통에 관심이 없다. 그저 중력의 영향에 따라 제 속도대로 떨어질 뿐이다. 여자의 머리는 뜨겁고 지끈거리고 밤은 터무니없이 길었다.

여자는 아침에 아이들을 학교에 데려다준 뒤 바로 목욕탕에 갔다. 열탕과 사우나의 코스를 거치지 않고 바로 냉탕에 들어가서 잠수했다. 숨이 막힐 때까지 물속에 있다가 고개를 들어 숨을 몰아쉰 다음 다시 잠수하기를 반복했다. 드라마나 영화를 볼 때 여자는 언제나 사랑에 빠지는 사람들, 시작하는 연인들을 응원했다. 그들의 나이나 성별, 국적과 상관없이 서로 사랑한다면 그 사랑이 존중받고 방해받지 않기를 바랐다. 그것이 금지된 사랑이나 불륜이라 할지라도. 어쩌면 그럴 때 더 마음이 쓰였는지도 모른다. 그런데 현실에서 자신의 남편이 다른 여자와 사랑에 빠졌다고 생각하자 그게 불가능해졌다. 그도 사람이니 얼마든지 그럴 수 있다고 어떤 사랑은 당연히 금기 속에서 시작되는 거라고, 그

럼에도 불구하고 사랑하는 인생은 아름다운 거라고 말
하기 어려웠다. 그는 그저 약속을 깬 사람이고 배우자
를 속인 거짓말쟁이에 불과했다. 상대에게는 낭만적이
고 애틋한 로맨스일지 모르지만 여자에게는 무자비한
폭력에 가까웠다.

　상황이 어떻든 남의 물건을 몰래 뒤지면 안 된다고
생각하는 양심과 실낱같은 정보나 흔적이라도 찾아내
려고 남편의 책장과 휴대폰 앞에서 시간을 허비하는 자
신이 충돌했다. 여자는 일찌감치 여탕에서 나와 옷을
걸쳤다. 홀의 탁자에 앉아 정희와 승진을 기다렸다. 그
녀들이 와서 서로의 무릎이 닿을 만한 거리에 자리 잡
고 앉았을 때 며칠 전 오전에 봤던 장면에 대해 말했다.
그것에 대해 말하는 순간이 올 거라고, 오랜 시간이 흐
른 뒤가 아니라 며칠 만에 얘기하게 될 거라고 생각하
지 않았다. 처지나 형편을 아는 것도 가까운 사이도 아
닌 동네 여자들에게 털어놓게 될 줄은 더더욱 몰랐다.
그건 은행에서 나오는 순간 그런 장면을 보게 될 거라
고 생각하지 못했던 것만큼이나 의외였다.

　바람피우는 남자의 아내, 그런 남자와 사는 여자가

되고 싶지 않았다. 그게 사실이더라도 모른 척 아닌 척하고 있으면, 아무에게도 말하지 않으면 짐작이나 오해인 채로 흩어질 것 같았다. 그런데도 여자는 얘기했다. 누가 무슨 일이 있느냐고 물은 것도 아니고 얘기하라고 채근한 것도 아닌데 아침부터 계속 그 장면에 대해 털어놓을 순간만을 기다렸다. 셋이 삼각형의 한 면처럼 무릎을 대고 앉아서 다른 사람의 얘기에 귀 기울이다보니 이상하게 말하고 싶어졌다. 자신의 가장 약하고 치욕스러운 부분에 대해. 목구멍에 걸려 있는 가시 같은 것에 대해. 그런 면에서 그 고백은 고해성사와 닮아 있었다. 그동안 인생의 한 부분, 겨우 귀퉁이나 모서리 정도만 보고 느끼고 살았으면서 다 알고 제대로 살았던 것처럼 착각했었노라고. 막상 자신이 예기치 못한 상황에 놓이게 되자 그동안 누군가를 판단하고 오해했던 게 부끄럽다고. 그 착각 때문에 분명히 누군가를 오해하고 멀리하고 모함하며 상처 줬을 거라고 털어놓고 싶었다.

갑작스러운 상황과 감정과 충격에 대해 말로 풀어내는 동안 속에서 부글거리던 거품 같은 게 서서히 잦아드는 느낌이 들었다. 말하기 전과 말하고 난 뒤 상황은 달라진 게 아무것도 없지만 단어를 골라 말하는 동안 나쁨의 강도가 일정해졌다.

정희와 승진은 놀라거나 캐묻지 않고 묵묵히 들었다.

"남편이 그쪽으로 상습범이라 나도 그 기분 잘 알아요."

승진이 팔짱을 끼며 한숨을 내쉬었다. 남편이 바람피우는 거 처음 알게 됐을 때 얼마나 놀라고 배신감에 치를 떨었는지 아직도 기억한다고 했다. 평소에 아무 의심 없이 걷고 뛰어다니던 땅이 갑자기 쑥 꺼졌을 때의 충격과 비슷하다고 했다. 견고하다고 믿었던 땅이 얇은 나무판이나 자잘하게 금이 간 얼음판일 뿐이었다는 사실은 매사에 의심을 품고 살게 만들었다.

"언니. 내가 뒤 좀 밟아줄까요? 나 그거 진짜 잘하는데."

승진이 목에 두르고 있던 수건을 머리와 얼굴 위에 스카프처럼 두르며 웃었다. 그 여자나, 둘이 같이 있는 장면을 다시 보고 싶지 않아서 여자는 고개를 저었다.

처음에 승진은 남편의 회사로 찾아가고 뒤도 밟았다고 했다. 한두 시간 기다리면 젊은 여자와 같이 모텔에서 나오는 장면을 덮칠 수 있었다. 남편은 포기가 빨라서 승진을 보자마자 바닥에 무릎을 꿇은 채 싹싹 빌었다. 몇 번은 울고불고 싸우고 다시는 그런 일이 없을 거라는 각서까지 받아냈지만 그 뒤로도 남편은 잊어버릴 만하면 새로운 여자를 만났다. 그러다 또 걸리면 금세 정리하고 착실하게 지냈다. 반복되는 과정을 지켜보며 승진은 그가 변하지 않으리라는 걸 확신했다.

남편이 바람을 피울 때면 냄새가 났다. 회사 일을 핑계로 갑자기 부지런해졌다. 실제로 일 때문에 바쁠 때도 있지만 풍기는 분위기가 달랐다. 업무만 많을 때는 곧잘 짜증을 내던 사람이 여자가 생겼을 때는 얼굴에 희미한 빛이 떠오르고 의미 없이 히죽거릴 때가 많았다. 불행인지 다행인지 아이들 아빠로는 최고였다. 어쩌다 집에서 언성 높여 싸우기라도 하면 애들은 죄다 아빠 편을 들었다.

"애들이 다 아빠랑 산대서 이혼도 못하겠고. 난 애들 없으면 못 살거든요."

그 뒤로 승진은 이따금 남자를 만났다.

"일종의 맞바람이죠. 나도 사람이거든. 속상한데 하

틈

소연할 데도 마땅치 않고, 위로도 필요하고."

답답한데 여자 친구들도 없고 여자들과 노는 법을 잘 몰라서, 남자를 만나는 게 더 편해서 외로울 때면 데이트 상대를 만들었다. 주말에 아이들이 캠프 가고 남편이 밤낚시를 간다느니 출장이나 워크숍을 가겠다며 집을 비우면 그녀도 같이 놀 만한 남자를 물색했다. 그리고 상대에게 암호 같은 메시지를 보냈다. ○○엄마. 우리 만나서 모둠 수업 준비할까?

"뭐 어쩌겠다고 만나는 건 아니고 그냥 만나요. 연애는 이제 취미 없고, 남자 여자 만나서 눈 맞고 수작 걸고 그러는 것도 재미없거든요. 정말 사랑하면 어쩔 거야. 이혼할 것도 아니잖아요. 그냥 술 마시면서 얘기나 하는 거지. 그러다 마음 맞으면 잘 때도 있고."

편하고 말 통하는데 문제를 일으키지 않는 상대를 만나는 것도 쉬운 일은 아니었다. 승진은 너무 외롭다 싶으면 남자가 나오는 술집에 갔다.

"가서 소리 지르며 노래 부르고, 끌어안고 춤도 추고 내키면 자요. 그런 다음에 바이 바이."

그 뒤로는 남편과 안 싸우고 잘 지낸다며 승진이 덧

붙였다. 그 부분을 포기한 거죠. 휴전이 오래되면 승진은 원래 평화로웠던 것 같은 착각에 빠지기도 했다.

"저 하고 싶은 대로 내버려두니까 그 사람도 나한테 잘해요. 근데 이게 제대로 사는 건지는 모르겠어요. 모르는 척하면서 사는 거. 어쩔 땐 그 인간이 아니라 내가 더 가증스러워요. 아, 빨리 늙어버렸으면 좋겠어. 난 애들 대학 가면 무조건 이혼할 거예요."

"우리가 이상한 남자를 만난 걸까. 결혼을 잘 못한 걸까. 다른 사람들은 어떻게 살지? 이 나이가 되도록 그걸 모르겠어."

정희가 심각한 얼굴로 물었다. 그건 여자가 묻고 싶은 말이기도 했다. 다른 사람들은 배우자의 외도를 알게 됐을 때 어떻게 하나. 무엇이 자존심을 지키면서 사랑도 지키는 방법일까. 상대의 잘못을 정확하게 지적하면서 그 일의 반복을 막으려면 어떻게 해야 하나.

"남자 다 거기서 거기예요. 아주 괜찮은 놈, 천하의 나쁜 놈만 빼면 그놈이 그놈이야. 다들 치명적인 흠 하나씩은 있다고요. 여자도 그렇지만. 그게 내가 견딜 수 있는 거냐, 없는 거냐가 더 중요한 것 같아요."

틈

웃긴 얘기 하나 할까요? 하면서 승진은 결혼을 결심하게 된 계기에 대해 털어놓았다.

"연애할 때 점 보러 갔었거든요. 나 그것 때문에 완전히 망했어요. 사실 그 점쟁이 탓만은 아니죠. 다 맘 약하고 귀 얇은 내 탓이지."

이십대 초반에 승진은 어렵게 취직한 회사에 다녔지만 재미도 없고 힘만 들었다. 회사나 옮겨볼까 싶어서 월급날 퇴근길에 직장 동료와 용하다는 점집에 갔다. 그곳이 잘 본다는 정보를 누가 어디에서 얻은 건지 모르겠지만 찾아가기 복잡했다는 건 기억났다. 지금의 남편과 연애를 시작한 지 삼 개월째였는데 회사도 그만두고 싶고, 남자와도 헤어질 생각이었다. 버스에서 내려 걸어가는 동안 몇 개의 허름한 점집이 나타났다. 그때마다 여기인가 싶어 멈춰 섰지만 상호가 달랐다.

두더지같이 생긴 점쟁이는 청바지에 네이비 색상의 맨투맨을 입은 승진을 훑어보더니 혀를 찼다. 그녀는 앞으로 다른 색 옷은 입지 말고 흰색 계열의 옷만 입으라는 황당한 주문을 했고, 동료에게는 사주에 불이 많으니 위장병을 조심하라고 했다. 그녀의 얘기는 자기계 발서에 나오는 것과 크게 다르지 않았다. 왜 따로 들어 가지 않고 나란히 앉았는지 모르겠지만 시시하고 돈 아 깝다는 생각에 둘 다 기분이 나빠졌다. 승진이 마지막 으로 물은 것은 결혼운에 관한 것이었다. 배우자를 언 제쯤 만날 것 같은가, 결혼하면 별 탈 없이 잘 살 수 있 을까. 무언가 맞힐 거라고 기대한 건 아니고 퇴근 후 먼 데까지 온 수고와 손에 쥐어보지도 못하고 날리게 생긴 몇 만원에 대한 위로의 말 정도는 들어야 한다고 생각 했다. 그런데 두더지 같은 여자가 한다는 말이 이미 만 났다는 것이다.

"내가 그때 얼마나 소름이 끼쳤는지 몰라요. 그동안 만났던 남자들이 다 쓰레기였거든요. 그 말이 진짜라면 내 인생은 망했구나, 싶어서 기운이 쭉 빠지더라고요. 어이가 없어서 진짜요? 확실해요? 하고 몇 번이나 물었 죠."

점쟁이는 지금 만나고 있는데 왜 모르냐고 반문했 다. 돈은 많이 못 벌지만 지고지순하고 평생 여자 문제 로 속 썩이지 않을 남자라고 했다. 그 설명이 만나는 사람과 다르다는 걸 눈치챈 순간 헤어졌어야 했는데 지금 만나고 있다는 말에 코가 꿰어서 질질 끌려다니다 결혼까지 하게 되었다.

"그런데 어느 날 옷장을 열어보니까 흰옷이 또 그렇게 많더라고요."

승진의 말에 여자는 웃어버렸다. 정희도 사는 게 참 코미디다, 하면서 소리 내어 웃었다.

"이제는 홧김에 남자 만나는 거 그만두려고요. 허무해요."

승진은 그 시간에 뭔가 배우고 싶다고 했다. 그림이나 악기도 좋고. 외국어도 재미있을 것 같고.

"공부해야 할 때 열심히 안 해서 그런지 늘 갈증 같은 게 있어요. 옛날에는 기를 쓰고 공부하는 애들 이해가 안 갔거든요. 그런데 걔네들이 공부하면서 어떤 재미를 느꼈을 수도 있겠구나, 요즘은 그런 생각이 들어요."

남편은 승진이 똑똑해지는 것도 날씬해지거나 젊어 보이는 것도 원하지 않는다고 했다. 그런 걸 강요하지 않는 건 좋지만 승진은 이제 그렇게 살고 싶지 않다고 했다.

"그 인간이 제일 많이 하는 말이 '뭐하려고?'예요. 그거 배워서 뭐하려고? 그 나이에 공부해서 뭐하려고? 그냥 인생 편하게 살아."

승진은 어떤 소용을 위해서가 아니라 즐거움 자체를 위해 뭔가를 배울 수 있다는 걸 뒤늦게 깨달았다. 앞으로의 인생이 지금까지와는 다른 방식으로 흘러가길 바랐다.

충분히 그렇게 살 수 있다고, 늦은 거 아니라고 정희가 힘주어 말했다.

"지금 바꾸겠다고 마음먹으면 정말 다른 인생을 살 수 있어."

세 사람은 각자의 취향에 따라 식혜와 미숫가루, 식초를 희석시킨 물을 마셨다. 같은 아파트에 살긴 하지만 서로가 알지 못하는 길을 통해 이곳에 도착했고 다른 지점을 향해 걸어가던 중이었다. 우연히 맨 얼굴로 목욕탕의 홀에서 만났고 진실게임을 하듯 상처와 흉터에 대해 이야기하게 되었다. 비밀이라거나 다른 사람에게 말하면 안 된다는 다짐을 주고받는 대신 고개를 끄덕거리며 듣고 난 뒤 음료수를 마셨다. 그것뿐인데도 서로에 대해 아주 많은 것을 알게 된 기분이고 공유하게 된 것 같았다. 중년여자들의 오전 열 시 무렵은 술꾼들의 새벽 같았다.

"출출한데 우리 떡볶이 먹으러 갈까요? 즉석 떡볶이 잘하는 집 아는데."

승진이 음료수통을 들고 일어섰다. 갈래? 갈 수 있겠어? 정희의 물음에 여자는 고개를 끄덕거렸다. 같이 둘러앉아 뜨겁고 매운 것을 떠먹고 싶었다.

"그래. 뭐라도 먹으면 기운이 날 거야."

세 사람은 승진이 운전하는 차에 탔다.

라디오에서 그녀들이 중·고등학생 때 유행했던 댄스음악이 나오자 승진이 볼륨을 높였다. 정희가 차창을 내린 뒤 후렴 부분을 따라 불렀다.

"언니들. 나란히 앉아 있으니까 〈델마와 루이스〉 같아요."

승진은 오픈카에 탄 것처럼 소리를 질렀다.

"아, 안 돼."

여자와 정희가 동시에 고개를 저었다. 그건 너무 위험해,라고 한 건 정희였고 여자는 그녀들이 너무 가엾다고 생각했다.

　목욕탕 입구에서 만난 정희는 여자를 보자 목욕 가방을 들어 보였다.

　"오늘은 때 좀 밀려고."

　며칠 동안 냉탕과 사우나를 오가던 여자도 모처럼 때 목욕을 해볼까 싶어서 때 수건을 챙겨온 참이었다. 열탕에서 몸을 충분히 불린 다음 의자에 앉아 이마에서 땀이 뚝뚝 떨어질 때까지 구석구석 묵은 때를 벗겨내고 싶었다.

　정희가 열쇠로 사물함을 연 뒤 가방을 넣고 옷을 벗어 걸었다. 여자의 사물함은 두 칸 옆이었다. 아주 가깝거나 적당한 거리에 떨어져 있는 사람들이 자연스럽게 어우러져 목욕할 수 있다. 남자들은 어떤지 모르겠지만 여자들은 대체로 그렇다. 맨얼굴이나 맨살을 보이는 게 부끄럽지 않고 자기 몸이나 남의 몸이 신경 쓰이지 않는 순간 목욕에 집중할 수 있다. 옷을 벗으면서 여자는 정희와 목욕을 할 정도로 가까워졌나, 아니면 같이 목욕하기에는 애매한 정도로 가까워졌나, 생각했다. 정희가 불편하다기보다 여전히 자신을 보이는 게 망설여졌다. 여자는 수건으로 몸을 가린 뒤 여탕에 들어갔다. 자리를 잡으려고 둘러보는데 구석에 앉아 있던 승진이 어? 웬일이야, 하며 손을 흔들었다. 반가워하는 승진과 허물없이 대야와 의자를 건네는 정희를 보자 몸에 두르고 있던 수건을 내려놓아도 괜찮겠다는 생각이 들었다. 세 사람은 나란히 앉아 목욕에 열중했다. 여자는 탕에 들어가 몸을 불렸고 정희는 때 비누를 사용했고 승진은 머리를 감았다.

오랫동안 스크러버 제품을 사용해서 샤워한 몸에서는 때가 잘 나오지 않았다. 사람들이 제각각 떨어져 앉아 씻는 일에 열중하는 걸 보며 여자는 목욕탕이 참 이상한 곳이라고 생각했다. 대중목욕탕이 언제 처음 생겼는지, 어떤 변화를 거쳐 지금의 형태에 이르게 된 건지 모르지만 알몸이 되어 깨끗하게 씻는 일은 개인적이고 은밀한 일인데 그걸 모여서 한다는 게 새삼 낯설고 기이했다. 맨얼굴과 맨살을 드러낸 사람들은 어쩔 수 없이 무방비상태가 되고 약한 존재가 된다. 그런데도 왜 모여서 씻기로 결정했을까. 제 손으로는 닦기 어려운 등을 밀고 밀어주기 위해서일까. 아니면 맨몸의 사람들이 서로의 약점이나 연약함을 바라보며 안도하기 위해서 일까.

여자가 때수건을 손에 낀 채 가만히 앉아 있자 승진이, 언니 등 밀어줄까? 하고 물었다. 등? 그럴까? 여자가 돌아앉자 오랜만에 시원하게 때 좀 밀자, 하며 정희도 몸에 물을 끼얹었다. 승진이 여자의 등을 밀고 난 다음 여자가 정희의 등을 밀었다. 정희가 타월로 승진의 등을 문지르는 동안 여자는 머리를 감았다. 등에 무슨 때가 이렇게 많아, 정희의 말에 승진이 언니, 거기 가운데, 거기 좀 박박 밀어봐, 너무 시원해, 하며 웃었다. 오래전 명절 때 사촌들과 함께 와서 장난을 치며 목욕하던 기억이 났다.

때를 민 게 오랜만이라 그런지 사우나만 했을 때와 는 또 다른 개운함이 느껴졌다. 오랫동안 걸치고 다니던 땀에 전 옷 같은 걸 벗은 듯했다. 머리를 다 말리지 않은 상태에서 세 사람은 홀에 모여 앉았다. 모두의 머리칼에서 떨어진 작은 물방울이 어깨를 천천히 적셨다. 음료수를 마시는 동안 세 사람은 별다른 얘기를 하지 않고 그저 시원하다, 개운하다는 말만 몇 마디 주고받았다. 정희는 민규를 데리고 병원에 갈 거라고 했고 승진은 문화센터에 수업을 들으러 갈 시간이었다. 세 사람은 목욕탕 앞에서 손을 흔든 뒤 헤어졌다.

아파트 정문을 통과해서 집 쪽으로 걸어가는데 아이들이 웃고 떠드는 소리가 났다. 여자는 놀이터 쪽을 쳐다봤다. 여전히 붉은색 접근 금지 테이프가 놀이기구들을 휘감고 있는데 그런 건 모른다는 듯 대여섯 살쯤 된 아이들 여섯 명이 테이프를 장난감 삼아 몸에 감고 뛰어넘으며 깔깔대고 있었다. 뒤쪽에 가방을 든 엄마들이 모여 서서 제 아이들을 지켜보았다. 여기에서 놀겠다는 아이들의 고집을 꺾지 못했을 거고 놀이터가 이렇게 된 이유를 여섯 살 꼬마들에게 이해시키기 어려웠을 것이다. 아이들은 미끄럼틀에 올라가 타고 내려오는 대신 그 주위를 뱅글뱅글 돌았다. 엄마들은 여기에서 놀면 안 돼,라고 말하지 않고 조심, 거긴 올라가면 위험해,라고 말했다. 여자가 잠시 멈췄다가 다시 걸어가는 동안에도 아이들의 웃음소리는 메아리처럼 따라왔다.

여자는 집에 들어가서 목욕 가방을 내려놓은 뒤 드라이어를 꺼내 머리를 말렸다. 미호와 지유가 방과 후 수업을 하고 바로 학원에 가는 날이었다. 여자는 옷장 문을 열고 살펴보다 좋아하는 원피스를 꺼내 입었다. 가볍게 화장을 한 다음 시간을 확인했다. 서두르면 점심시간이 끝나기 전에 도착할 수 있을 것 같았다. 아파트에서 나가는 빈 차가 있어 택시를 잡아탔다. 혼자 하는 외출이 많아졌는데도 오랜만이라는 기분을 지울 수 없었다. 지나치게 비장해지는 것 같아 허공에 대고 손을 여러 번 털었다.

지하철역 주변은 많이 변해서 택시에서 내린 여자는 주위를 한참 둘러보았다. 여자가 자주 가던 이탈리안 레스토랑과 카페는 상호가 바뀌었고 점심시간에 동료들과 들러 아이쇼핑하던 옷집은 저기 어디쯤이었겠다, 짐작만 할 수 있었다. 어떤 곳은 소름이 끼칠 정도로 시간의 흐름을 느낄 수 없는데 이곳은 시간의 손바닥이 쓸고 간 흔적이 곳곳에 생생하게 남아 있었다.

점심을 먹고 나온 직장인들이 음료수를 손에 든 채 직장으로 복귀했다. 여자는 오피스텔 빌딩 맞은편의 카페에 앉았다. 길 건너편에서 바라보는 건물은 지긋지긋하지도 애틋하지도 않았다. 오랫만에 보는 친척의 모습처럼 세월의 흔적이 느껴질 뿐이었다. 여자는 건물을 주시하면서 휴대폰을 꺼내 전화를 걸었다. 신호가 가는 동안 손으로 흙탕물 속을 휘젓는 것처럼 여러 가지 감정이 일어났다. 긴장되기도 하고 화도 나고 자신을 여기에 데려온 삶의 파도가 야속하기도 했다.

"여보세요."

"임정호 씨. 나 정윤주야."

여자가 이름을 말하자 남편은 놀란 듯 왜 그래? 무슨 일 있어? 하고 물었다.

"지금 회사 근처에 와 있어. 잠깐 얘기 좀 해."

그는 잠시 침묵하더니 어디냐고 거기에서 조금만 기다리라고 했다.

전화를 끊은 뒤 여자는 창밖을 내다봤다. 무엇에 대해 묻고 무슨 말을 해야 할지 정해두지 않았다. 이 대화를 통해 어떤 충격을 받고 어떤 오해가 풀리고 무엇이 달라지고 나아질지 알 수 없었다. 확실한 건 미호와 지유의 엄마가 아닌 정윤주가 임정호를 기다리고 만나서 이야기할 거라는 점이었다. 여자는 빌딩의 출입문을 열고 나오는 임정호를 보았다. 그는 여자가 기다리는 쪽으로 걸어오기 시작했다.

　　2015년에 쓴 소설을 2024년에 다시 읽어봅니다. 그 사이에 저는 사십대를 지나왔고, 소설 속 정윤주나 윤정희가 겪은 일들에 대한 생각도 많이 달라졌습니다. 많은 부분을 고치고 싶었지만 2015년에는 그때의 고민과 감성이 있었다고 생각합니다. 그래서 거슬리고 낡은 표현들만 좀 걷어내는 정도로 수정했습니다. 예전 '작가의 말'에 썼던 문장들에는 여전히 동의합니다.

　　무엇보다 개정판을 내게 되어 기쁩니다. 이 책이 새

로운 표지와 새로운 날짜로 다시 태어나 더 오래 함께 할 수 있을 거라 생각하니 선물을 받은 기분입니다. 하나님과 가족들, 은행나무출판사의 편집자분들, 독자분들께 감사드립니다.

2024년 5월
서유미

　예기치 않은 순간에 삶의 다른 얼굴을 목격한 사람들에 대해 쓰고 싶었다. 허망함과 아픔, 일상을 반으로 가르는 고통 가운데 서 있겠지만, 그들이 무릎이 닿을 만한 거리에 앉아 두런두런 이야기를 나눴으면 좋겠다고 생각했다. 풍문이나 험담, 전망에 대해 말하는 게 아니라 자신과 서로에 대해 이야기하고 집중하는 장면이면 좋겠다고.

　그 순간 우리를 감싸는 사소한 웃음과 공감과 연대에 가닿고 싶었다.

어쩌다보니 분량에 비해 가장 오래 쓴 소설,
가장 짧은 제목의 소설이 되었다.

커피와 음악, 조각보 같은 시간, 현관문 앞에서 배웅
해주던 단풍잎 같은 손이 있어서,
하나님과 가족들에게 의지할 수 있어서,
지인들과 나누는 안부 인사와 짧은 대화가 있어서,
그런 일상이 곁에 있어서 여기까지 올 수 있었다.

오래 기다려주고 배려해준 은행나무출판사 이진희
주간과 강건모 편집자에게 감사의 인사를 전한다.
따뜻한 기대와 신뢰가 큰 힘이 되었다.
이 자리를 빌려 그동안 함께 책을 만들었던 편집자들
에게도 감사를 전한다.
여전히 소설을 읽고 소설에 대한 이야기를 나누는 모
든 분들에게도!

2015년 7월
서유미

틈

1판 1쇄 발행 2015년 8월 7일
개정판 1쇄 발행 2024년 6월 4일

지은이 · 서유미
펴낸이 · 주연선

(주)은행나무
04035 서울특별시 마포구 양화로11길 54
전화 · 02)3143-0651~3 | 팩스 · 02)3143-0654
신고번호 · 제 1997—000168호(1997. 12. 12)
www.ehbook.co.kr
ehbook@ehbook.co.kr

ISBN 979-11-6737-408-0 (03810)